Un souhait d'amour

J'AI LU

Barbara Cartland est une romancière anglaise dont la réputation n'est plus à faire.

Ses romans variés et passionnants mêlent avec bonheur aventures et amour.

Vous retrouverez tous les titres disponibles dans le catalogue que vous remettra gratuitement votre libraire.

Barbara Cartland

Un souhait d'amour

Traduit de l'anglais
par Laure Terilli

Éditions J'ai lu

Titre original :

WISH FOR LOVE

NOTE DE L'AUTEUR

Aux XVIIe et XVIIIe siècles, les voleurs et détrousseurs de grand chemin représentaient un danger permanent pour les voyageurs. Les nobles louaient les services de piqueurs pour les accompagner et lorsqu'un de ces brigands était capturé, on le pendait haut et court à la croisée des chemins. S'il était abattu, c'était un acte de bravoure qui méritait récompense.

Souvent ces voleurs avaient servi comme laquais ou domestiques dans de grandes maisons et ils avaient convoité les richesses de leurs maîtres. Ils connaissaient les risques qu'ils couraient mais quelques années d'aventures leur semblaient préférables à toute une vie de tâches fastidieuses.

Il arriva que des nobles prissent ainsi la route. William Parsons était le fils d'un baronet, sorti d'Eton et ancien officier de la Marine royale. Sir Simon Clarke était baronet.

Joan Bracey, fille d'un riche fermier du Northamptonshire, fut la seule femme voleur de grand chemin. Habillée en homme, elle commit de nombreux et audacieux larcins, jusqu'au jour où elle se balança au bout d'une corde. Elle n'avait pas trente ans.

1

– Me voilà! s'écria Jeremy Forde en entrant dans la salle à manger.

Il s'assit à la petite table recouverte d'une nappe blanche qui se trouvait dans le recoin de la fenêtre. C'était là que la famille Forde prenait le petit déjeuner. Sa sœur, Mariota, surgit de la cuisine, une assiette d'œufs au bacon dans une main, un pot de café dans l'autre.

– Tu arrives bien tard! dit-elle.

– Je sais, répondit son frère, mais je n'avais pas envie de me lever. A quoi bon d'ailleurs se lever? Je n'ai rien à faire! En fait, je me demandais comment nous pourrions bien nous procurer un peu d'argent.

– Voilà qui n'est pas très original, observa Mariota en riant.

– En effet! dit Jeremy d'un ton lugubre.

Il se mit à manger et Marïota lui versa du café ainsi qu'à elle.

– On pourrait peut-être vendre une miniature, reprit Jeremy. J'imagine qu'on en tirerait un bon prix, et après tout, personne n'en saurait rien!

– Mais tu n'y es pas! Tout le monde s'en rendrait compte! s'exclama sa sœur, horrifiée. Tu sais très bien que père serait furieux; de plus, ce serait du vol!

– Prendre ce qui nous appartient, pour moi, ce n'est pas du vol! répondit Jeremy, vexé.

– Mais... c'est prendre ce qui revient à ton fils, à ton petit-fils et à tous tes descendants!

– Vu la situation, il est peu probable que j'aie jamais les moyens de fonder un foyer et d'élever un fils, encore moins un petit-fils! répliqua-t-il.

Ayant fini de déjeuner, il se renversa sur sa chaise.

– Soyons sérieux, Mariota, il faut faire quelque chose! J'ai besoin d'habits neufs, et crois-moi, ce n'est pas parce que les miens sont vieux, mais parce qu'ils sont trop petits.

C'était la vérité, et Mariota qui le savait bien fit un geste d'impuissance.

– Je suis désolée, Jeremy, tu le sais, n'est-ce pas? Mais nous avons tout juste de quoi manger. Acheter des habits est tout à fait hors de question!

– Et père, que dit-il? A-t-il une idée?

– Si tu as une idée, toi, je lui en parlerai... s'il veut bien m'écouter...

– De toute façon, quand bien même il t'écouterait, crois-tu qu'il comprendrait à quel point nous sommes dans la misère? s'emporta Jeremy. Moi, j'en doute!

Pendant un moment, ils ne dirent rien.

– Ce n'est pas vrai. Père comprend très bien la situation, reprit Mariota. Et c'est justement parce que cela lui fait trop de mal de voir ainsi la maison se délabrer et d'entendre nos doléances qu'il se replie sur lui-même avec ses livres. C'est le seul moyen pour lui de se consoler de la mort de mère.

A cette évocation, le visage de la jeune fille se radoucit.

– Il faut trouver une solution, reprit Jeremy après un silence. Combien de temps encore pouvons-nous tenir comme ça?

C'était la même question qui à tout instant du jour et de la nuit hantait Mariota.

Depuis le règne d'Elisabeth Ire, la famille Forde

habitait le « Gué de la Reine », une belle et grande demeure, originale mais peu pratique avec son architecture irrégulière. Au fil des générations, les Forde n'avaient fait que s'appauvrir et lorsque l'actuel lord Fordcombe eut hérité à son tour du titre et du domaine, ce fut pour découvrir que son père était mort criblé de dettes. Tout ce qui avait une valeur marchande et ne constituait pas des biens inaliénables avait donc été vendu pour rembourser les créanciers; et même alors, ceux-ci avaient dû se faire une raison et accepter dix shillings pour une livre! Mais, après tout, « mieux vaut peu que pas du tout! ».

Lord Fordcombe vivait grâce à la fortune de sa femme, qui représentait un revenu d'à peine plus de deux cents livres par an. A sa mort, cette rente reviendrait de droit à ses trois enfants. Les maigres loyers qu'il percevait de ses fermes et de ses autres maisons constituaient sa seule autre source de revenus. Quant aux nombreuses petites chaumières éparpillées sur ses terres, elles ne rapportaient presque rien : la plupart étaient habitées par des invalides de guerre qui ne pouvaient pas payer beaucoup, les autres étaient dans un tel état de délabrement qu'elles servaient tout au plus d'abri aux paysans les plus déshérités. La ruine de la famille mettait les héritiers de lord Fordcombe au désespoir.

L'aîné, Jeremy, avait vingt et un ans; il ne pouvait faute d'argent faire carrière dans l'armée comme ses ancêtres l'avaient toujours fait. Il supportait très mal une vie inactive et peu brillante où il n'avait que de vieux chevaux fatigués à sa disposition, tout juste capables d'aller et venir. Ses seules occupations consistaient à chasser et à pêcher; mais la pratique systématique de ces deux sports, devenus indispensables à leur survie, avait tué tout plaisir : c'était un devoir fastidieux dont il s'acquittait avec aigreur.

Pour Mariota, c'était différent. Elle ne connaissait ni l'ennui ni l'oisiveté. Du matin au soir, elle avait un emploi du temps bien rempli. Il n'y avait plus qu'un vieux couple de domestiques pour l'entretien du château, et de nombreuses pièces auraient été laissées à l'abandon si elle ne s'était pas tour à tour improvisée intendante, maître d'hôtel, femme de chambre et valet, sans oublier cuisinière de temps à autre. Grâce à son esprit pratique, elle savait s'organiser et mener à bien parfaitement toutes ces tâches. Aussi, sa famille avait tendance à oublier qu'en d'autres circonstances, c'est une vie fort différente qu'elle aurait menée. Comme toute jeune fille de dix-neuf ans, elle aurait passé une saison à Londres, serait allée au bal et des jeunes gens de bonne famille l'auraient demandée en mariage... Bien sûr, pour l'instant, rien de tout cela ne risquait d'arriver! Comme disait Jeremy, ils végétaient dans ce trou de campagne, bien plus semblables à des navets qu'à des êtres humains!

C'était la plus jeune des enfants, Lynne, qui souffrait le moins des difficultés financières de la famille. En effet, elle avait la chance de suivre les cours qu'une gouvernante donnait à la fille de leurs voisins, Elaine Fellows. Les deux enfants étaient amies et toutes deux du même âge : elles n'avaient pas encore dix-sept ans.

Tous les jours, une voiture venait du manoir pour chercher Lynne, et il arrivait fréquemment qu'elle passât la nuit là-bas lorsqu'il pleuvait ou qu'on l'invitait pour la soirée. A tous les soucis de Mariota s'ajoutait celui de l'avenir de sa sœur. Elle ne pouvait s'empêcher de se demander avec angoisse ce qui se passerait dans un an, lorsque l'éducation de sa sœur serait terminée. Lynne était tellement jolie! Assurément, le premier jeune homme qui la verrait en tomberait follement amoureux et la demanderait en mariage! Mais il y avait si peu de jeunes gens dans ce coin du Worcestershire! De plus, le père d'Elaine Fellows était fort strict en matière d'éducation. Les jeunes filles n'étaient pas autorisées à descendre au salon lorsqu'ils recevaient et devaient rester dans la salle d'étude. Lynne n'avait donc pas encore goûté à la vie mondaine que Mariota souhaitait pour elle.

Semblable à une porcelaine de Saxe, avec ses cheveux blonds, ses yeux bleus, son teint frais et rose, Lynne était ravissante. Mariota, elle, était d'une beauté fort différente. Leur mère avait dit un jour :

– Lynne fait penser à un portrait peint par un grand artiste qui utiliserait des couleurs vives pour charmer. Mais vous, ma chérie, vous êtes comme une délicate esquisse de Léonard de Vinci : une fois que l'on pose les yeux sur vous, on ne peut plus les détacher car votre beauté est tout en profondeur. Il y a tant à découvrir en vous regardant!

Sur le moment, Mariota n'avait pas vraiment compris ce que sa mère voulait dire, mais elle y songeait parfois, lorsqu'elle se regardait dans son miroir. Avec ses grands yeux gris, ses cheveux si blonds qu'ils semblaient d'argent, elle trouvait en effet qu'elle ressemblait à certaines gravures qu'elle avait vues dans la bibliothèque. Toutefois, elle avait rarement le temps de penser à elle-même.

Dès le matin, avant de se mettre au travail, elle nattait rapidement ses cheveux et les enroulait en chignon; puis, elle se dépêchait de descendre pour tirer les rideaux et ouvrir les fenêtres du rez-de-chaussée. D'esprit pratique, elle avait compris qu'il était impossible d'entretenir une aussi grande demeure sans le personnel approprié. Aussi, avait-elle fermé les ailes du château construit en forme de E en hommage à la reine Elisabeth Ire. Parfois, elle ne résistait pas à la tentation de pénétrer dans ces belles pièces aux plafonds bas et aux vitres en forme de losange pour veiller à leur bonne conservation. Le sol poussiéreux, les tableaux et le mobilier protégé de housses, tout cela lui faisait penser au palais endormi de la Belle au bois dormant, un palais qui jamais plus ne reviendrait à la vie... Alors, triste et découragée, elle quittait les pièces désertes et retournait dans la partie habitée du château, pauvre et défraîchie, mais qui résonnait du bruit des voix familières, des nombreuses allées et venues, des éclats de rire, tout au moins lorsque Jeremy n'était pas mal luné. Ce qui était justement le cas ce matin.

– Ne te désespère pas ainsi, cher frère, dit-elle. D'ailleurs, j'ai l'impression que quelque chose va arriver.

– Que veux-tu dire? Un plafond qui s'effondre? Ou un tuyau de cheminée cassé?

– Non, pas du tout! Rien de tout cela! répondit-elle avec le plus grand sérieux. C'est une intuition que j'ai parfois, ce que notre vieille nounou appellerait « le don »... Je suis sûre que quelque chose de formidable va bientôt nous arriver!

– Je crois que tu as l'esprit un peu dérangé! s'exclama Jeremy. Je vais te dire, moi, la seule chose qui risque d'arriver, c'est un violent orage qui aura raison des dernières tuiles du toit, ou bien une facture oubliée que nous devrons payer sans délai!

– Oh! Voilà que tu es vraiment méchant maintenant! C'est affreux ce que tu dis là! De toute façon, la grogne ne sert à rien, alors que parfois les rêves deviennent réalité!

– Pas pour moi, en tout cas!

En voyant l'expression chagrinée de sa sœur, il sourit et son visage redevint charmant.

– Pardonne-moi. Je me conduis comme un enfant gâté, je sais bien. Mais cette situation est insupportable!

– Bien sûr, je comprends, répondit sa sœur, et cela est encore plus dur pour toi que pour nous autres, car tu es l'aîné.

Elle fit une pause avant de reprendre :

– Et tu es si beau! C'est normal que tu rêves d'habits élégants et de chevaux comme ceux de grand-père qui menait grand train... mais qui était endetté jusqu'au cou!

– En tout cas, il en a bien profité, lui!

Jeremy, ayant bu son café, regarda autour de lui.

– Il n'y a assurément plus rien à vendre dans cette pièce, dit-il, ses yeux s'attardant sur les portraits de famille qui ornaient la salle.

– Il n'y a plus rien à vendre dans aucune autre pièce, reprit Mariota d'un ton sans réplique. On a déjà fait l'inventaire de toutes nos richesses, Jeremy, et tu sais aussi bien que moi que tout ce qui avait un tant soit peu de valeur a déjà été vendu à l'époque où père a hérité!

– C'est bien dommage qu'il ne puisse vendre son titre, ou son livre sur lequel il travaille depuis trois ans!

Mariota laissa échapper un soupir.

– Quand son livre sera fini, personne ne voudra l'acheter! Qui donc serait intéressé par l'histoire de notre famille? Il ne reste plus beaucoup de Forde aujourd'hui!

– De toute façon, ils sont aussi pauvres que nous, conclut Jeremy en se levant.

Une grande table de bois autour de laquelle pouvaient s'asseoir une trentaine de personnes trônait au milieu de la salle à manger. Un chandelier d'argent était posé sur le buffet. Mariota ne prenait pas la peine de le mettre à l'abri dans le coffre, le soir, après s'en être servi; c'était plus simple de le laisser dehors, prêt pour le lendemain. Jeremy le soupesa du regard. Pressentant ce qu'il allait dire, Mariota poussa un cri.

– Non, tu ne peux pas faire ça, Jerry! Tu ne peux pas vendre ce chandelier! Il figure dans tous les inventaires officiels. C'est George Ier qui l'a offert à notre arrière-grand-père! Cela fait partie de notre patrimoine!

Jeremy ne répondit pas.

– J'ai une idée! s'écria-t-il tout à coup. Si tu ne veux pas que je vende ce qui m'appartient, sous prétexte que c'est voler mes héritiers – bien hypothétiques en vérité, les héritiers –, je prendrai l'argent ailleurs!

– Que veux-tu dire? Tu ne vas pas voler, tout de même?

– Non, mais devenir un bandit de grand chemin!

– Mais tu es fou!

– Non, je ne suis pas fou. Tu te souviens de ce bandit dont on avait parlé, il y a deux ans et qui avait attaqué plusieurs voitures dans les environs? Il ne s'est jamais fait prendre!

– Mais, Jeremy, tu ne peux pas faire ça!

– Pourquoi pas? Je suis sans doute aussi pauvre et aussi nécessiteux que n'importe lequel de ces bandits qui terrorisent les voyageurs!

– Tu n'es pas sérieux...?

– Mais si! Et maintenant que j'y pense, il faudrait que tu m'aides.

– T'aider? Comment cela?

– Pour qu'une attaque réussisse, il faut être deux. Si les bandits ont un peu de bon sens, c'est ce qu'ils font. Autrement, tout seul pendant qu'il serait occupé à prendre les bijoux et l'argent des voyageurs, rien ne serait plus facile pour le cocher et le valet assis à l'avant que de lui tirer dans le dos, ou du moins de le frapper et de le maîtriser.

– Je n'ai pas envie d'écouter toutes ces sottises! dit Mariota en commençant à débarrasser la table. Si tu veux te rendre utile, va plutôt voir s'il y a assez de pommes de terre pour le repas de midi.

Sans parler, Jeremy se dirigea vers la fenêtre. Mariota le regarda, pleine d'appréhension. Son frère était jeune et beau. Elle comprenait combien il lui coûtait de mener une vie aussi médiocre. Il n'avait rien de plus réjouissant à faire que de monter de mauvais chevaux et d'arpenter un domaine aussi pauvre que la famille qui en était propriétaire. Elle devinait à l'expression concentrée de son visage qu'il avait encore une de ses folles idées en tête. Elle les redoutait car elles finissaient toujours par se révéler désastreuses et lui attirer les pires ennuis.

– Jeremy, tu ne m'écoutes pas!

– Voilà, je sais! s'exclama-t-il, réjoui. On va se poster cet après-midi sur la route de Worcester. Sûrement, beaucoup de voitures passent par là avec des gens riches qui vont à Worcester ou à Malvern. On en arrêtera une. On trouvera peut-être de quoi remplir nos poches! Comme de vrais bandits!

– Oh! Jeremy! Comment peux-tu dire une chose aussi ridicule et dangereuse qui plus est? Sûrement, tu ne parles pas sérieusement!

– Mais si, je ne plaisante pas! Il me faut de l'argent et j'en aurai. Je veux aller à Londres une semaine pour m'acheter des habits convenables et peut-être rencontrer une jeune héritière.

– Une héritière?

– Pourquoi pas? Si j'épousais quelqu'un de riche, je pourrais remettre le domaine en état et nous pourrions tous vivre confortablement. Je vais enfin mener la vie d'un jeune homme de mon âge au lieu de moisir comme une vieille pomme ridée!

Jeremy ne cachait pas son amertume. Laissant son plateau sur la table, Mariota s'approcha de lui et posa affectueusement la main sur son bras.

– Je suis désolée, mon cher frère, mais nous ne pouvons que continuer à vivre ainsi en faisant de notre mieux et en espérant que la chance bientôt nous sourira...

– Et combien de temps encore faut-il attendre? dit-il d'un ton sec. Que je sois mort et enterré?

Il n'y avait rien à répondre à cela. Mariota se

contenta de soupirer et leva sur lui ses yeux pleins de douceur et de compréhension.

– Non! s'exclama Jeremy si fort qu'elle sursauta. On dit bien « Aide-toi, le ciel t'aidera », n'est-ce pas? Eh bien, c'est ce que je vais faire, et tu vas m'aider!

– Jamais! dit-elle fermement.

– Très bien! Alors, j'irai seul attaquer une diligence et si l'on me tire dans le dos et que l'on me retrouve baignant dans mon propre sang, tu n'auras qu'à t'en prendre à toi!

– Comment peux-tu être aussi méchant?

– Je suis tout simplement réaliste. Si tu m'accompagnes, nous ne courrons aucun danger. Voilà ce que nous ferons : nous n'avons qu'à arrêter une voiture. Pendant que je prendrai l'argent et les bijoux des passagers, toi, tu surveilleras le cocher et le valet, et tu feras en sorte qu'ils gardent les mains en l'air. L'argent pris, nous partirons et jamais plus on ne nous reverra.

– Cela ne peut être aussi simple, dit Mariota, faiblement. Et puis... de toute façon, on risque d'être reconnus! Ce serait épouvantable! Un véritable scandale!

– On ne nous reconnaîtra pas, repartit Jeremy d'un ton supérieur, car on portera des masques. Mais... attends un peu... j'ai une meilleure idée encore! Tu vas t'habiller en garçon!

– En garçon? répéta Mariota d'une voix à peine audible.

– Des vieux habits à moi feront l'affaire. Il doit bien y en avoir quelque part dans la maison. Il faut simplement trouver un pantalon. Ma vieille redingote d'Eton devrait t'aller.

– Non! Je ne peux pas! Je ne peux pas!

– Très bien! Puisque tu refuses de m'aider, je me débrouillerai tout seul. Adieu, Mariota. Tu n'auras pas à fleurir ma tombe, car on me pendra sans doute à une potence au carrefour de la grand-route, pour servir d'exemple!

Mariota poussa un cri d'horreur.

– Tu ne parles pas sérieusement... Ce n'est pas vrai? implora-t-elle.

Mais c'était peine perdue! Elle connaissait le caractère impulsif de Jeremy. Avec ou sans son aide, il ferait ce qu'il disait!

C'est dans une tenue fort peu féminine que Mariota quitta le château cet après-midi-là, à 4 heures. Elle portait une culotte de Jeremy qu'il mettait à l'âge de treize ans, et une redingote un peu trop grande en vérité –, mais elle n'avait rien trouvé de plus petit. Une casquette de chasse en velours, rabattue sur les yeux, et une cravate proprement nouée complétaient son déguisement de garçon.

Quand ils furent suffisamment loin de la maison, ils se cachèrent dans un petit bois et Jeremy sortit de sa poche deux masques de velours noir, il en donna un à sa sœur.

– Mets ce loup! Je les ai fabriqués ce matin. Je suis sûr que personne ne nous reconnaîtra.

En tout cas, Jeremy, avec son masque, était méconnaissable. « Pourtant, songeait Mariota, sans le reconnaître, ne serait-il pas facile de se souvenir de la silhouette de ce cavalier aux larges épaules, bien campé sur son cheval, un grand chapeau posé sur l'oreille? »

Mais ce n'était pas la peine de soulever ce problème. Ils avaient déjà passé toute la matinée à discuter tandis que Jeremy cherchait parmi ses vieux vêtements ceux qu'elle allait mettre. Tout ce qu'elle pourrait dire maintenant ne changerait rien à la décision de son frère. Ce serait parler en vain. Jeremy ne changeait pas d'avis aussi facilement. Si elle avait accepté de le suivre, c'était seulement parce qu'elle avait trop peur qu'il ne lui arrive malheur. Peut-être avait-il raison : attaquer seul une diligence, c'était plus dangereux qu'à deux. Mon Dieu, quelle folie! Elle mit son loup en place et en noua le mince ruban derrière sa tête, espérant que sa casquette tiendrait bien en place. Il ne fallait surtout pas que ses cheveux se défassent, révélant qu'elle n'était pas un garçon!

– Et maintenant, ton pistolet, dit Jeremy, en lui tendant l'arme. Il est amorcé et chargé, aussi, fais attention!

– Mais, je n'aurai pas à m'en servir? murmura-t-elle.

– Non, sauf pour te défendre, si l'on cherche à t'arrêter! Autrement, c'est la pendaison! Mais si tu dois t'en servir, vise le bras ou la jambe, jamais le corps ni la tête!

Mariota serra les lèvres mais ne dit mot. En vérité, elle tirait fort bien. Lorsque son père avait appris à Jeremy à viser une cible, puis le gibier, elle avait voulu apprendre elle aussi.

– Tu es une fille! Tu n'auras jamais besoin de te servir d'une arme! disait Jeremy avec mépris.

Mais son père, lui, n'était pas de cet avis.

– Au contraire, c'est utile pour une femme de savoir se défendre, avait-il déclaré.

Il lui avait donc appris à manier un fusil de chasse et un pistolet de duel. Elle espérait bien n'avoir jamais besoin de se servir d'une arme, mais elle était suffisamment experte pour ne pas tuer un homme par mégarde.

– Tu es prête? demanda Jeremy. Tu reconnaîtras, du moins, que c'est un peu plus amusant que de rester assis à la maison à compter les toiles d'araignées!

Elle ne répondit pas. Son cœur battait à tout rompre dans sa poitrine et sa bouche était sèche. L'idée de Jeremy allait tourner au désastre, elle en était sûre! Et s'ils étaient arrêtés et amenés devant les magistrats pour être jugés? Elle se sentit glacée d'effroi devant une telle perspective. Cependant, elle ne pouvait rien dire pour changer le cours des choses. Pourvu que leur père ne sache jamais rien de cette terrible aventure! Il avait déjeuné avec eux, mais s'était montré plus distrait que jamais. Son travail de recherche sur l'histoire de leur famille l'accaparait énormément. Le repas avait d'ailleurs été fort silencieux car Jeremy de son côté était préoccupé par son projet, et aussi fort rapide, car il y avait peu à manger. Comme Mariota apportait un plat de la cuisine, Jeremy s'était écrié :

– Encore du lapin!

– Je suis désolée, mon frère, avait-elle répliqué. Mais à cette époque de l'année, il n'y a guère que le lapin à chasser, et c'est la seule chose que l'on n'a pas à payer!

Le vieux Jacob, qui s'occupait du domaine avec sa femme, prenait les lapins au collet dans les fourrés. C'était le gibier le plus fréquent, dont ils faisaient leur ordinaire, un régime bien monotone en vérité! Pour le dessert, Mariota avait ramassé au prix de nombreuses égratignures des groseilles à maquereau qui mûrissaient en abondance sur les buissons mal taillés du jardin. Lord Fordcombe les avala distraitement, sans paraître en remarquer le goût, et Jeremy les engloutit en quelques secondes.

– J'ai encore faim! dit-il lorsqu'il eut vidé son assiette.

– Il ne reste qu'un morceau de fromage, répondit sa sœur. Mrs Robinson m'en a promis pour ce soir.

Autrefois, le château vivait sur la production de la ferme, mais les choses avaient changé. Mariota avait eu l'idée de la louer contre une somme fort modique; les fermiers devaient en outre leur procurer les œufs, le lait, le beurre, et quand il y en avait, le fromage. Au début, les Robinson étaient ravis de cet arrangement. Mais la fin de la guerre avait causé la ruine de nombreux fermiers, et ceux qui n'avaient pas fait faillite étaient inquiets pour leur avenir. Désormais, Mr et Mrs Robinson respectaient leur engagement avec mauvaise grâce et renâclaient à donner les produits que réclamait Mariota. Il lui semblait qu'elle devait s'excuser pour chaque chose qui lui était pourtant due. Car elle était extrêmement sensible aux sentiments des autres. Aussi, elle n'aimait pas aller à la ferme et tâchait d'y envoyer le vieux Jacob, lorsqu'il avait le temps. Mais ce dernier avait tellement à faire dans le jardin à cette époque de l'année! Il fallait sarcler les légumes, et empêcher les oiseaux de dévaster le jardin pour que la table soit pourvue! Il était rarement disponible!

Jeremy mangea le morceau de fromage avec un reste de beurre. Mariota pensa qu'il aurait dû le partager avec son père, mais celui-ci, toujours perdu dans ses pensées, ne sembla pas même remarquer que le repas s'était terminé sans qu'il ait eu sa part du dernier plat, si l'on peut dire.

– J'ai beaucoup à faire cet après-midi, dit-il en se levant de table. Je ne veux pas être dérangé.

– Personne ne vous dérangera, père, répondit Mariota. Je suis contente de voir que votre livre avance bien.

– En effet, ça avance, ça avance! dit-il en quittant la pièce.

Ses pas résonnèrent dans le couloir.

– Je me demande qui selon lui pourrait le déranger? observa Jeremy. Si quelqu'un venait nous voir, ce serait un vrai miracle!

Comme sa sœur ne disait rien, il poursuivit :

– En attendant, c'est parfait pour notre expédition! Dès que tu as fini de débarrasser la table, on se prépare.

Bientôt, Mariota fut prête et habillée. Jeremy ayant sellé les chevaux, il les amena près de la maison. Et c'est cachés sous les arbres qu'ils enfourchèrent leurs montures pour que Jacob et sa femme, Mrs Brindle, ne risquent pas de les voir. Il y avait d'ailleurs peu de chances que les vieux domestiques les aperçoivent. En effet, après la vaisselle du déjeuner, Mrs Brindle aimait se reposer dans l'un des confortables fauteuils installés dans la cuisine par les soins de Mariota. Elle sommeillait ainsi, assise devant la cheminée où brûlait un bon feu.

La grande salle des domestiques, qui autrefois réunissait plus de vingt personnes à chaque repas, était maintenant fermée; de même l'on n'utilisait plus les cuisines dallées et leurs énormes éviers, les celliers et leurs longues tables de marbre. Mariota se souvenait bien de cette époque, et elle voyait encore les bassines de lait que l'on écrémait chaque matin. Elle mélangeait la crème à son porridge. Que c'était délicieux! Désormais, la crème fraîche était un luxe qu'ils ne pouvaient s'offrir que rarement. La ferme leur donnait tout juste assez de lait pour le petit déjeuner et le thé de 5 heures.

« La vie n'est pas facile », pensa-t-elle. Cependant, leurs difficultés leur donnaient-elles le droit de voler? C'était mal et de plus très risqué. Au fond d'elle-même, elle espérait bien qu'aucune voiture ne passerait cet après-midi-là sur la route de Worcester. En fait, il était même fort probable qu'ils ne rencontrent que des fermiers en carriole, ou un pasteur et son corbillard, ou bien encore une simple charrette de marchandises. Mais à quoi bon ruminer tout cela? On verrait bien!

Elle continuait de galoper derrière Jeremy, aussi vite que lui permettait sa monture. Si elle avait de l'argent, elle achèterait un cheval vif et racé pour la chasse en hiver. Luciole était vieux et on ne pouvait vraiment pas le qualifier de fougueux. En fait, il avait l'habitude d'aller à son allure et Mariota craignait qu'il ne soit pas assez rapide pour fuir s'ils étaient poursuivis. On aurait vite fait de la rattraper!

Jeremy montait leur meilleur cheval –, ce qui ne signifiait pas grand-chose! Leur père l'avait acheté pour une misère à un fermier des environs. Rufus leur rendait bien service, mais ne payait vraiment pas de mine, et malgré de nombreuses tentatives, on ne réussissait pas à lui faire sauter une haie de plus de deux pieds de haut!

Du moins avait-il quatre jambes pour les transporter où ils voulaient. Dans leur malheur, ils avaient de la chance : un jour viendrait peut-être où ils devraient aller à pied! C'est ainsi que Mariota se réconfortait.

Ils rejoignirent enfin la route de Worcester. Ce n'était en réalité qu'un chemin poussiéreux bordé d'arbres, qui coupait à travers les champs fermés par de hautes haies et parsemés de bosquets. C'était dans l'un de ces petits bois longeant la route que Jeremy avait l'intention de se cacher.

Auraient-ils longtemps à attendre? Heureusement que leurs chevaux avaient l'habitude de rester tranquilles! De meilleurs animaux auraient moins de patience!

– Je me demande combien de temps il va falloir attendre, dit Jeremy.

Au ton de sa voix, Mariota comprit qu'il était tout excité par l'aventure.

« C'est mal, très mal », se dit-elle, tout en sachant qu'il était bien inutile de soulever de nouveau ce problème. Ou elle aidait son frère, comme il le lui avait demandé, ou bien elle le laissait se débrouiller seul face au danger. Il n'y avait pas d'autre solution!

Or, elle aimait son frère et n'aurait pas supporté d'attendre à la maison jusqu'à ce qu'on vienne lui dire qu'il était blessé, mort ou arrêté! Quoi qu'il arrive, du moins, seraient-ils ensemble! Mais si les choses tournaient mal, qu'adviendrait-il de son père et de Lynne? Mariota était au comble du désespoir! Combien sa mère aurait été bouleversée d'apprendre qu'elle avait pris part à une telle action! Glacée d'effroi, elle priait le ciel de tout son cœur que Jeremy ait tout l'argent qu'il désire et qu'ils s'en retournent sains et saufs à la maison!

– Voilà quelqu'un! chuchota Jeremy.

Le cœur battant, elle scruta la route. Le chemin tournait, et une minute entière s'écoula avant qu'ils aperçoivent le toit d'une voiture au-dessus des haies, puis le cheval qui la tirait. Mariota retint sa respiration : la voiture approchait...

– Ce n'est que le sellier d'Evesham! Je ne savais pas qu'il venait livrer jusqu'ici, dit Jeremy d'un air déçu.

– Il va peut-être au manoir. Lynne a dit que Mr Fellows avait acheté de nouveaux chevaux.

– Lui peut s'en offrir! marmonna Jeremy amèrement.

Maintenant, la voiture passait devant eux, et ils purent lire le nom du sellier peint sur la portière.

– Voilà bien une chose dont on n'a pas besoin! reprit le jeune garçon. On n'utilise ni brides, ni selles, ni éperons! Il fut un temps où grand-père possédait quarante chevaux que nous pouvions loger dans nos écuries!

Ils ne savaient que trop bien le peu qu'il leur restait! Mariota préféra ne pas répondre. Elle ne voulait pas abonder dans le sens de son frère qui ressassait la ruine de la famille alors qu'il n'y était pour rien. Et elle concentra toute son attention sur la route.

– J'entends une voiture! s'exclama-t-elle soudain.

Jeremy tourna vivement la tête.

– Tu as raison, dit-il au bout d'un moment. C'est sûrement une voiture à deux chevaux.

Retenant leur respiration, ils attendirent. Bientôt, ils distinguèrent au loin deux chevaux qui galopaient à vive allure. C'était un brillant attelage dont les brides et les courroies étincelaient au soleil.

Avec un serrement de cœur, Mariota comprit que leur propriétaire était un homme riche. Sur le siège à côté du cocher, se tenait un valet en livrée. Leurs hauts-de-forme étaient ornés de cocardes, et le manteau du cocher avait un grand col rabattu sur les épaules.

C'était précisément le genre de voiture que Jeremy attendait! Mariota sentit son cœur battre si fort qu'elle pouvait à peine respirer.

Tous deux tendus à l'extrême, ils regardaient la voiture avancer. Quand les chevaux ne furent plus qu'à quelques mètres, Jeremy bondit courageusement au milieu de la route. Il n'eut pas besoin de parler. Devant cet individu masqué, un pistolet braqué sur lui, le cocher tira sur les rênes pour arrêter la voiture, tandis que le valet levait immédiatement les mains en l'air, en signe de reddition. C'était maintenant qu'il fallait agir avec prudence. Jeremy avait prévenu sa sœur : le passager de la voiture pouvait très bien utiliser son arme, s'il en avait une, et tirer de la portière, sans courir aucun risque. Mariota s'avança, son pistolet braqué. Et c'est avec un vif soulagement qu'elle découvrit une femme à l'intérieur.

– Les mains en l'air! Et pas un geste! ordonna Jeremy d'un ton autoritaire.

Il s'approcha de Mariota.

– Surveille-les! dit-il en mettant pied à terre.

Elle pointa le revolver sur le cocher et le valet. Mais sa peur était si forte que sa main, serrée sur l'arme, tremblait. Elle n'osait quitter des yeux les deux hommes qui, de leur côté, restaient pétrifiés. Le laquais surtout était blême de peur. Il avait l'air tout jeune et levait ses mains de plus en plus haut, comme s'il s'attendait à tout instant à être tué. Jeremy donna l'ordre à la voyageuse de lui remettre tout son argent et ses bijoux.

– Merci, madame, dit-il enfin en reculant et en refermant la portière.

– Allez, cocher, partez! Et ne vous retournez pas, sinon, vous le regretterez!

Le cocher ne se le fit pas dire deux fois : il fouetta les chevaux et la voiture s'éloigna plus vite qu'elle n'était venue. Mariota poussa un soupir de soulagement.

– C'est une belle prise! Et maintenant, rentrons à la maison pour compter notre butin! dit Jeremy, prêt à sauter en selle.

A ce moment-là, de l'autre côté de la route, un cavalier surgit du bois. Saisie d'horreur, Mariota resta sans voix. Elle s'apprêtait à prévenir Jeremy, lorsqu'elle vit l'inconnu sortir un pistolet de sa ceinture et le braquer dans le dos de son frère.

– Jeremy, attention!

Et elle appuya sur la détente de son arme. Elle tira sans viser, agissant par impulsion, pour sauver son frère. Le coup partit. Les chevaux sursautèrent. Rufus fit un écart qui empêcha Jeremy de sauter en selle. Le cheval de l'inconnu, affolé lui aussi, se cabra si brusquement que le cavalier, tenant les rênes d'une seule main, fut projeté à terre. Sa monture s'éloigna au galop, décochant de formidables ruades. L'inconnu gisait, immobile sur le sol.

– Je l'ai tué?... chuchota Mariota, alarmée, qui avait enfin maîtrisé Luciole.

– Non, je ne crois pas que tu l'aies touché, répondit Jeremy. Mais il faut s'en assurer.

Elle sauta à terre. Luciole se mit tranquillement à brouter l'herbe au bord de la route : pas de risque qu'il s'échappe. Elle rejoignit rapidement son frère, agenouillé près du cavalier.

– Il est blessé?

– Non, je ne lui vois pas d'égratignures. Mais sa tête a dû heurter une pierre. Il a perdu connaissance.

En effet, l'inconnu gisait, la tête contre une grosse pierre du chemin.

– Qu'allons-nous faire? interrogea Mariota.

– Nous ne pouvons pas l'abandonner ainsi...

– Non, bien sûr que non! Il pourrait mourir! Et ce serait notre faute!

Tout en parlant, son frère glissa la main dans la redingote de l'homme et en sortit un portefeuille.

– Mais, que fais-tu? demanda-t-elle, interloquée.

– S'il s'apprêtait à tirer sur de vrais bandits, ceux-ci ne se gêneraient pas pour lui faire les poches!

– Mais tu ne peux pas faire ça!

– Mais si, puisque je suis un bandit! Ce qui n'empêche pas qu'en bons samaritains, nous lui portions secours! Nous allons le ramener à la maison et attendre qu'il revienne à lui.

Mariota regardait son frère, incrédule. Au bout d'un moment, la logique quelque peu tortueuse de ses propos lui apparut pleine de bon sens. C'était vrai qu'un bandit ne laisserait pas un homme riche, ce que semblait être l'inconnu, gésir inconscient sur la route sans le dévaliser; et, bien sûr, il fallait porter secours à un homme blessé, l'amener à la plus proche maison pour le soigner!

Jeremy vidait maintenant les poches du pantalon. A première vue, le cavalier avait beaucoup d'argent sur lui. Cela fait, il enleva son loup et Mariota fit de même.

– Bon, dit-il, je dirai que j'ai trouvé cet après-midi, en me promenant sur mes terres, un homme qui semblait avoir été attaqué par des bandits.

– Je ne vois toujours pas comment nous allons le transporter.

– « Nous » n'allons pas le transporter, expliqua Jeremy. Personne ne doit te voir dans cette tenue de garçon. Tu vas vite rentrer à la maison et te changer. Quand j'arriverai avec le blessé, affiche la plus grande surprise!

– Tu ne pourras pas le porter tout seul.

– Je sais, répliqua-t-il, non sans impatience. Tout à l'heure, il y avait deux paysans qui travaillaient dans le champ des Robinson. Je leur demanderai de m'aider.

Tous deux contemplèrent l'inconnu toujours évanoui. C'était un beau jeune homme, habillé avec beaucoup de goût. Jamais elle n'avait vu d'aussi belles bottes de cheval! Le nœud de la cravate était fort élégant : Jeremy ne résisterait sans doute pas à le copier! Et son haut-de-forme, qui avait roulé un peu plus loin, ne ressemblait pas non plus à ceux de son père et de Jeremy. Tout ce que portait le cavalier était chic, beau, coûteux!

– Dépêche-toi, Mariota! reprit Jeremy d'un ton agacé. Quelqu'un risque de venir. Il ne faut surtout pas qu'on te voie habillée en garçon!

– Non, bien sûr.

Elle se dirigea vers Luciole qui se laissa monter sans difficulté. Reprenant le chemin de la maison, elle disparut derrière les arbres, pressant le plus possible sa monture.

C'était une aventure palpitante qu'ils venaient de vivre, sans commune mesure avec la monotonie de leur existence! Ce n'est qu'au bout d'un moment qu'elle se rendit compte combien leur action était blâmable.

2

Mariota s'était changée, et maintenant elle attendait que Jeremy revienne avec l'inconnu. Les minutes s'écoulaient avec une lenteur insupportable. Et si quelque chose était arrivé qui bouleversait leurs plans? Mariota était terrifiée à cette idée.

En y réfléchissant, elle se rendait bien compte que Jeremy avait raison de vouloir ramener le blessé chez eux : c'était leur devoir. De plus, les deux hommes qui travaillaient aux champs les avaient probablement aperçus et n'auraient pas manqué de trouver bien étrange qu'ils s'en retournent chez eux sans remarquer le cavalier blessé au bord de la route.

Jeremy avait pensé à tout. Cependant, ce qu'ils avaient fait l'effrayait terriblement : n'était-ce pas mal et dangereux? Car si elle n'avait pas vu le cavalier surgir du bois, si elle n'avait pas tiré, Jeremy serait en ce moment même blessé, mort peut-être!

L'idée d'une telle éventualité, sans parler du scandale qui s'en serait ensuivi, la glaçait d'effroi. Il valait mieux ne pas y penser.

« Plus jamais, se dit-elle, au grand jamais, nous ne devons recommencer cela. »

Toutefois, cette première attaque ayant réussi, Jeremy risquait fort de vouloir continuer, séduit par ce moyen facile de se procurer de l'argent. C'était cela qu'elle redoutait maintenant!

« C'est mal de voler, je sais que c'est mal, mère! Mais Jeremy est si jeune! Ne pas avoir d'occupation, c'est affreux, et il voudrait tant avoir de beaux habits à la mode! »

Elle s'adressait en pensée à sa mère, les yeux fermés, comme pour prier.

Lorsqu'elle rouvrit les yeux, elle aperçut par la porte d'entrée restée entrebâillée deux hommes qui remontaient l'allée du château, portant le cavalier. Ils l'avaient installé sur une planche et avançaient lentement : l'homme devait être lourd à porter. Il s'agissait des deux fils du fermier Robinson, qui étaient rentrés de la guerre; l'un d'eux avait été blessé à la jambe et boitait.

Mariota alla à la fenêtre et les regarda approcher, cachée derrière les rideaux de brocart, à l'origine d'un beau rouge cramoisi, mais qui depuis avaient pris une teinte rose fané. L'ourlet déchiré de la tenture lui sauta aux yeux.

Il lui sembla que les deux hommes mettaient un temps infini pour gravir avec leur fardeau la légère côte et arriver sur le devant de la maison, où les mauvaises herbes se mêlaient impunément au gravier et où ce qui était jadis une pelouse bien entretenue ne ressemblait plus qu'à un champ abandonné.

Elle attendit qu'ils soient sur le perron pour aller à leur rencontre.

– Que s'est-il passé? demanda-t-elle, feignant la surprise.

– C'est m'sieur Jeremy qui nous a demandé d'l'amener ici, mam'selle, répondit l'un des fils Robinson. Il s'est blessé en tombant. M'sieur Jeremy est parti chercher son cheval qui s'est échappé.

Mariota regarda l'homme évanoui sur le brancard improvisé. Il avait la tempe meurtrie, et son épaule semblait déplacée.

– M'sieur Jeremy pense qu'il a la clavicule cassée, expliqua le fermier, devançant sa question.

– Oh! Mon Dieu! s'exclama-t-elle. Il faut aller chercher le Dr Dawson. Vous savez peut-être où il se trouve en ce moment?

Ils secouèrent la tête négativement.

– Bon, on verra plus tard, reprit-elle. Pour l'instant, veuillez transporter ce gentilhomme à l'étage. Je passe devant pour vous montrer la chambre où vous allez l'installer.

En attendant l'arrivée de Jeremy avec le cavalier, elle avait pensé que le mieux serait d'installer le blessé dans la « chambre du roi ». Lorsqu'elle avait décidé de fermer la plus grande partie du château, son père étant resté dans ses appartements, la « suite du Maître », les autres membres de la famille s'étaient partagé les chambres d'invités tout autour : c'était le plus pratique. Elle avait emménagé dans la chambre de sa mère, contiguë à celle de son père, Lynne dans la « chambre de la reine » où avait dormi autrefois la reine Elisabeth. C'était d'ailleurs au cours de son séjour qu'Elisabeth avait baptisé le domaine le « Gué de la Reine »; en effet, son propriétaire avait construit spécialement pour Sa Majesté un petit pont qui enjambait une rivière que l'on avait jusque-là toujours dû passer à gué pour rejoindre le village.

A côté se trouvait la « chambre du roi ». On l'appelait ainsi depuis que Charles II y avait séjourné après la Restauration. Logiquement, Jeremy aurait dû l'occuper. Mais la décoration extrêmement chargée de cette pièce, dont le lit affichait une profusion de cupidons, de couronnes et de colombes sculptés dans le bois, était beaucoup trop extravagante à son goût. Il avait préféré une chambre plus austère, juste de l'autre côté du couloir, qu'il avait simplement décorée de tableaux de chasse de ses ancêtres et de ses armes, Mariota ayant également fermé l'armurerie.

Ils arrivèrent enfin devant la chambre. Les deux hommes suaient à grosses gouttes et posèrent un instant le brancard à terre pour reprendre leur souffle : monter l'escalier avec le blessé les avait durement éprouvés. Mariota vit que le brancard était trop large pour passer par la porte. A ce moment-là, lord Fordcombe sortit de sa chambre, un livre à la main. Il posa un regard étonné sur sa fille et l'homme évanoui.

– Qui est-ce? demanda-t-il. Pourquoi transportez-vous cet homme ici?

– J'allais justement vous en parler, père, répondit Mariota. Jeremy a trouvé ce cavalier blessé sur la route. Il l'a fait transporter chez nous pour qu'on le soigne jusqu'à ce qu'il revienne à lui.

– On dirait qu'il est blessé à la tempe, dit lord Fordcombe en se penchant sur l'homme.

– M'sieur Jeremy pense qu'il s'est aussi cassé la clavicule, m'sieur, ajouta l'un des fermiers.

– Le mieux est de le mettre au lit, reprit lord Fordcombe. Je vais vous aider. Toi, Mariota, demande à Jacob d'aller au village chercher le docteur, à moins que Jeremy ne s'en soit déjà occupé.

– Jeremy est à la recherche du cheval du blessé.

– Alors, envoie Jacob, ou mieux encore, prend Luciole et vas-y toi-même, ce sera plus rapide.

– Oui, père.

Et elle laissa les trois hommes s'occuper du blessé. Son père avait pris la situation en main et faisait preuve d'un calme olympien. A trois, ils n'auraient aucun mal à mettre le gentilhomme au lit.

Heureusement, Luciole n'était pas encore dessellê. Elle l'avait simplement mis dans son box, sachant qu'elle aurait tout le temps ensuite pour s'en occuper. Le plus urgent alors était d'ôter ses habits de garçon. Elle alla donc chercher Luciole et l'amena dans la cour. Se juchant sur une pierre, elle se hissa sur le cheval, s'installant confortablement en selle, et veillant à ne pas déchirer sa jupe. Les deux sœurs montaient souvent à cheval sans prendre la peine de revêtir une tenue d'équitation. Cependant, comme elles n'avaient pas les moyens de renouveler leur garde-robe, elles prenaient grand soin de leurs vêtements.

Il lui fallut près d'un quart d'heure pour aller chez le Dr Dawson et le même temps pour en revenir : étant déjà sorti dans l'après-midi, le cheval refusait tout simplement de se dépêcher. Le docteur n'était pas chez lui. Elle s'y attendait un peu. Mrs Dawson promit de prévenir son mari dès qu'il rentrerait.

– Dire que votre frère a trouvé un homme blessé sur la route de Worcester! s'exclama-t-elle. Je me demande qui ça peut bien être! Nous ne sommes pas habitués à tant d'animation par ici!

– C'est vrai! répondit en souriant Mariota.

– Je serais curieuse de savoir qui est ce gentilhomme! reprit Mrs Dawson. Peut-être allait-il chez lord Dudley ou chez le comte de Coventry? Peut-être même chez le duc de Madresfield? Se peut-il qu'il soit leur hôte?

– Il me semble que oui. Mais je l'ai à peine entrevu, je suis tout de suite venue chercher le docteur.

– Eh bien, nous en saurons plus d'ici quelques jours! conclut Mrs Dawson, se délectant à l'avance de ce divertissement tout trouvé. En général, mon mari ne me parle pas de ses patients, aussi, il me faudra compter sur vous!

Mariota se mit à rire et prit congé.

En rentrant Luciole à l'écurie, Mariota comprit que Jeremy était de retour : dans le box voisin, qui n'avait pas servi depuis bien longtemps, se trouvait le plus beau cheval qu'elle ait jamais vu. Jeremy avait retiré le harnais et la selle; la robe noire de l'étalon brillait, éclairée par le soleil qui entrait à flots par la fenêtre. C'était un cheval magnifique qu'elle aimerait bien monter si cela lui était possible. Mais, réfléchit-elle, si quelqu'un devait sortir le cheval en attendant que son propriétaire se remette, ce serait Jeremy. Tout excitée, elle se précipita vers la maison. Son père et son frère étaient dans l'entrée.

– Le Dr Dawson est là? interrogea lord Fordcombe.

– Non, père, mais Mrs Dawson dit que d'ici une demi-heure il devrait être chez lui. Elle l'enverra au château. Tu as retrouvé le cheval de l'inconnu, ajouta-t-elle en se tournant vers Jeremy et sans laisser le temps à son père de parler. Le fermier m'a dit que tu étais parti à sa recherche.

– Cela n'a pas été facile pour l'attraper, aussi, j'ai préféré le monter. C'était plus simple de tirer Rufus.

A son intonation et à son regard, on comprenait que Jeremy était encore tout exalté par son aventure.

– Prévenez-moi lorsque le docteur arrivera, dit lord Fordcombe, s'apprêtant à retourner dans son bureau. J'ai beaucoup de travail et toutes ces interruptions sont fort désagréables!

– J'en suis désolée, père, répondit Mariota, tout en sachant qu'il ne prêtait déjà plus attention à ce qu'elle disait.

Quand ils entendirent la porte du bureau se refermer, Mariota regarda son frère dont les yeux brillaient d'excitation.

– Maintenant, nous pouvons enfin compter notre butin! dit-il. Allez, viens, Mariota!

Et il grimpa l'escalier quatre à quatre. Elle le suivit en courant.

Bien qu'il n'y ait aucun risque qu'on les dérange, Jeremy ferma la porte de sa chambre à clé, avant de sortir de sa poche le portefeuille, les pièces de monnaie, trouvés sur le gentilhomme, et une ravissante bourse noire brodée de fleurs blanches.

– Oh! Jeremy! Tu as pris le sac de la voyageuse! s'exclama Mariota sur un ton de reproche.

– Je lui ai laissé sa bague en diamant!

– C'est vraiment généreux de ta part! dit-elle, sarcastique. Mais je ne vois pas pourquoi!

– Cette bague avait une grande valeur sentimentale, d'après ce qu'elle m'a dit. Un cadeau de son mari qui est mort.

– Tu crois que c'est vrai?

– J'en suis certain. Je l'ai crue tout de suite. Cela m'a fait beaucoup de peine.

Emue par ses paroles, Mariota l'embrassa sur la joue.

– Je t'aime! dit-elle. Tu n'es pas aussi mauvais que tu veux le faire croire!

Jeremy ouvrit le portefeuille. Les deux jeunes gens regardèrent, incrédules : deux billets de cent livres et trois de cinquante. Jeremy émit un petit sifflement. Il vida sur le lit le contenu du sac : trois pièces d'or de cinq livres et dix souverains. Mariota regardait, bouche bée, incapable de dire un mot. Ayant compté les pièces trouvées dans les poches du cavalier, Jeremy prononça d'une voix blanche qui exprimait plus de surprise que de joie :

– Cela fait trois cent soixante-quinze livres!

– Je n'arrive pas à y croire! dit sa sœur. Oh! Jeremy, je crois que nous devrions rendre cet argent!

– Et qu'on me passe la corde au cou? Ne sois pas ridicule, Mariota! Je n'ai vraiment aucune envie de mourir!

– Non, bien sûr... mais...

– Il n'y a pas de mais qui tienne! répliqua-t-il. Tout au contraire, il faut garder le silence sur ce qui s'est passé. C'est un secret entre nous deux. Mais je vais te faire une promesse.

– Laquelle?

– Jamais plus je ne volerai. Je te le promets.

Elle ressentit un tel soulagement que les larmes lui vinrent aux yeux. Toutefois, il fallait qu'elle sache pourquoi il avait changé d'avis.

– Parce que c'est trop dangereux. J'ai risqué ma vie, mais aussi la tienne! Tu étais dans le champ de tir, tu aurais pu être tuée!

Jamais elle n'avait vu cette expression sur le visage de son frère.

– Tu as tiré, le cavalier est tombé de cheval... c'est à ce moment-là que je me suis rendu compte que c'était de la folie de prendre de tels risques!

Bouleversée, Mariota pleurait. Elle essuya rapidement ses larmes.

– Je suis si heureuse que tu dises cela...

– J'ai pensé à tout cela en cherchant le cheval, continua Jeremy. Vois-tu, Mariota, je crois que j'ai mûri. Si tu avais été tuée, jamais plus je n'aurais pu regarder quelqu'un en face.

– Oh, Jeremy! Jeremy! s'écria Mariota d'une voix brisée par l'émotion.

Elle s'efforça de sourire à travers ses larmes. Que l'on pleure embarrassait toujours son frère.

– Eh bien, en tout cas, reprit-elle, tu vas pouvoir aller à Londres et t'acheter des habits.

– Oui, je vais aller à Londres, répondit Jeremy, mais plus exactement pour les mêmes raisons qui m'ont poussé à agir de façon aussi irresponsable.

Sa sœur le regarda, intriguée.

– Je me suis efforcé de parer à toutes les éventualités pour réussir notre entreprise. Mais ce blessé qui nous tombe sur les bras bouleverse bien sûr tous mes plans.

– Le Dr Dawson le remettra vite sur pied, j'en suis sûre.

– Le problème n'est pas là, répliqua Jeremy. De toute évidence, ce cavalier est apparenté à la femme de la voiture, ou du moins l'escortait.

– Je n'avais pas pensé à ça!

– Moi, si. Et comme il va rester plusieurs jours à la maison, le temps de se remettre, cette femme va sans aucun doute se mettre à sa recherche et venir ici. La dernière personne qu'elle doit voir, c'est bien moi!

– Tu veux dire qu'elle pourrait te reconnaître? demanda Mariota, consternée.

Mais n'avait-elle pas pensé elle-même que la silhouette séduisante de son frère se remarquait et qu'un masque ne suffisait pas à cacher son beau visage? Comprenant le risque qu'il courait, elle poussa un cri.

– C'est vrai! Tu dois partir tout de suite!

– C'est ce qu'il me semble. Et si par hasard l'inconnu était toujours là à mon retour, cette femme, son épouse peut-être, ne pourrait en me voyant reconnaître le bandit masqué et en guenilles qui l'a attaquée quelques jours auparavant.

– Mais bien sûr, tu as raison! acquiesça Mariota. Il lui sera difficile alors de se rappeler avec précision ce qui s'est passé aujourd'hui! Du moins, son souvenir sera-t-il plus flou.

– C'est cela. Aussi, si tu n'y vois pas d'inconvénient, demain matin, je pars pour Londres. Pardonne-moi, Mariota, de te laisser, comme d'habitude, le soin de nous sortir de ce mauvais pas.

– Non, c'est bien ainsi. C'est ce qu'il faut faire. Mais il faudra trouver une explication pour justifier ton départ auprès de père.

– Je doute fort qu'il se rende compte de mon absence! dit Jeremy en riant. Il vaut mieux attendre qu'il te demande de mes nouvelles pour lui dire où je suis!

– Très bien, approuva Mariota avec un léger soupir. C'est vrai que père est tout à fait capable de ne pas même remarquer que nous sommes un peu moins nombreux à table!

En parlant de repas, Mariota ne put s'empêcher

de regarder avec convoitise les pièces d'or qui brillaient sur le lit.

– Sitôt à Londres, reprit Jeremy, je courrai déposer cet argent à la banque. Ainsi je pourrai l'utiliser plus tard quand et comme je l'entends. Cependant, il ne faut pas que l'on sache ici que je jouis d'une petite fortune!

– Bien sûr!

– Il me semble donc plus sage que tu gardes cinq livres seulement pour le moment. Naturellement, on partagera après.

– Non! l'interrompit Mariota d'un ton catégorique. Non, je ne veux pas de cet argent! Je te remercie, mais comme toi, mon cher Jeremy, il me semble que c'est payer trop cher le risque que nous avons couru. Jamais je ne pourrai dépenser cet argent sans me rappeler cet homme s'apprêtant à te tirer dessus! Jamais je ne pourrai oublier!

– Tu m'as sauvé la vie! Tu as été rapide et astucieuse, mais il faut oublier cet accident, maintenant!

– J'accepte juste un peu d'argent pour acheter à manger, pour Lynne et père, mais rien de plus, rien...

C'est avec une certaine violence que Mariota prononça ces mots. Aussi Jeremy se contenta-t-il d'acquiescer comme s'il jugeait plus sage de ne pas discuter.

– Comme tu veux! dit-il. Mais veille à ce que personne ne sache que tu as de l'argent! Fais attention quand tu vas faire les courses au village à ne pas trop dépenser à la fois.

Mariota eut un petit rire nerveux.

– En effet, on a tellement l'habitude de me voir avec quelques sous pour toute richesse que j'éveillerais sûrement la curiosité si on voyait briller mes belles pièces d'or.

– Attends plutôt d'avoir une facture à payer, on pensera que l'argent vient de père. Ou alors, va à

Malvern pour le changer. Tiens, voici cinq souverains qui devraient suffire jusqu'à mon retour.

– Sois prudent avec le reste! Ne dépense pas tout! Cet argent doit durer le plus longtemps possible!

– Je sais, répondit Jeremy à voix basse. Ne crains rien, je n'irai pas le perdre au jeu ni en d'autres amusements ridicules!

Il compta les cinq pièces d'or et les donna à sa sœur. Un moment, elle hésita à les prendre, comme si ces pièces étaient tachées de sang et portaient la marque de leur crime. Pourtant, ne devait-elle pas se montrer pratique? Il fallait voir les choses en face : Jeremy allait partir, ils auraient donc moins à manger puisque c'était lui qui ravitaillait la maison. De plus, il y avait ce gentilhomme blessé à nourrir; il faudrait acheter plus de produits à la ferme. Ce serait très déplaisant de ne pouvoir payer Mrs Robinson... Elle prit l'argent.

Jeremy sortit de l'armoire un vieux fourre-tout de cuir informe, suffisamment grand en tout cas pour contenir les quelques affaires qu'il emportait à Londres, et suffisamment léger à porter car il devait marcher un bon moment jusqu'au carrefour de la grand-route, à la sortie du village, là où passait la diligence. Il se mit à faire son sac.

– Donne-moi tes cravates que je les repasse, dit vivement Mariota. Et je vais cirer tes bottes. Il faut que tu sois aussi élégant que possible en attendant tes habits neufs.

En songeant à tout ce qu'il allait enfin pouvoir s'acheter, un sourire éclaira son visage, impatient qu'il était d'être bien habillé.

– As-tu remarqué les vêtements de l'inconnu? dit Mariota.

– Bien sûr.

– J'aime bien la façon dont sa cravate est nouée.

– Moi aussi. Ne t'en fais pas, Mariota, je sais

exactement quels vêtements je vais choisir, et où je vais les acheter. Ce sera cher, mais, comme tu l'as justement fait remarquer, il faut qu'ils soient solides.

– Comme ce sera amusant de te voir en dandy!

– Pas en dandy! répliqua-t-il d'un ton méprisant. Ils s'habillent avec beaucoup trop de recherche. Ce ne sont que des sots et des vaniteux! Je veux être habillé avec goût et distinction. Un peu comme ce gentilhomme qui s'est blessé en tombant.

A ces mots, Mariota poussa un cri.

– Je ne veux plus y penser! J'ai cru que je l'avais tué!

– Ne songe plus à tout cela! Et si tu veux savoir, lui aussi préférera oublier qu'il a été jeté à bas de son cheval!

Elle eut un petit rire mal assuré, puis ouvrit la porte et courut jusqu'à sa chambre. Elle cacha les cinq pièces d'or que Jeremy lui avait données dans l'un des tiroirs de sa coiffeuse, là où sa mère rangeait toujours ses bijoux. De nouveau, cet argent mal acquis lui faisait peur. Et pourtant, il avait porté chance à Jeremy et, à part la chute du cavalier, aucun mal n'avait été fait! Il fallait d'ailleurs prendre des nouvelles du blessé. Elle se rendit donc dans la « chambre du roi » où l'inconnu reposait, vêtu d'une chemise de nuit de son père, couché sur le dos, presque à plat.

Comme elle avait déjà pu le constater, il était fort beau : des traits bien dessinés, quoique un peu durs; même en dormant, ils reflétaient un certain cynisme, et il devait être autoritaire. La blessure à la tempe, qui avait légèrement saigné, s'étendait jusqu'au milieu du front. D'ici demain, le coup ne serait pas beau à voir!

Immobile, il rappelait les gisants sculptés dans la pierre sur les tombes de la petite église construite au fond du parc, à la même époque que le « Gué de la Reine ». C'étaient les tombes des ancêtres de

Mariota dont certaines étaient finement ouvragées et pleines de majesté. Assurément, le blessé était un personnage important. Quelle serait sa réaction lorsqu'il reprendrait connaissance ? Se mettrait-il en colère lorsqu'il se souviendrait de ce qui s'était passé ? Et s'il ne revenait pas à lui et qu'il meure ? C'est elle qui serait responsable de sa mort ! En proie à la plus vive inquiétude, elle repoussa légèrement le drap et posa la main sur sa poitrine. Un instant, elle le crut mort... Mais non, elle sentit les battements de son cœur. Soulagée, elle le recouvrit. Le soleil couchant inondait la chambre. Elle alla tirer les rideaux pour faire l'obscurité. En retournant vers le lit, il lui vint à l'idée que cet homme si distingué occupait par une étrange coïncidence la « chambre du roi ». Et en effet, il aurait bien pu être roi !

Un moment, debout à son chevet, elle pria du fond de son cœur :

« Je vous en supplie, mon Dieu, faites qu'il se remette vite de cet accident, et retrouve toute sa santé ! »

Puis, comme intimidée tout à coup, elle quitta vivement la pièce et referma la porte.

– Eh bien, mademoiselle Forde, je crois que votre patient n'a rien de bien méchant, dit le Dr Dawson comme ils descendaient l'escalier. Cependant, il faut être prudent. Il s'agit d'une blessure à la tête. Cela peut avoir des conséquences plus fâcheuses qu'une simple bosse. Je pense à un traumatisme crânien.

– Voulez-vous dire que son état mental pourrait s'en ressentir ? demanda Mariota d'une voix tremblante.

– Sincèrement, j'espère que non, répondit le docteur. Mais, à vrai dire, j'aimerais demander l'avis d'un confrère. Je pense à un médecin de Worcester pour qui j'ai le plus grand respect.

– Peut-être, en effet, vaudrait-il mieux l'envoyer chercher, murmura-t-elle.

Elle ne pourrait certes pas payer une autre consultation. Ils avaient déjà bien du mal en temps ordinaire à régler les maigres honoraires du Dr Dawson chaque fois qu'ils faisaient appel à lui. Mais l'inconnu pourrait sans doute payer une telle extravagance.

– Et sa clavicule?

– Il n'y a pas de cassure, mais elle est peut-être fêlée. Pendant quelque temps, il aura mal à l'épaule et à la tête.

– Vous devriez aller voir mon père et le rassurer sur l'état du blessé, reprit Mariota. Il m'avait demandé de le prévenir de votre arrivée, et j'ai complètement oublié!

– Je ne dérangerai pas votre père plus qu'il n'est nécessaire, dit le docteur en souriant. Son livre avance?

– Je crois qu'il en est à la moitié. Mais nos ancêtres sont si nombreux à avoir accompli de grandes choses au cours des siècles, qu'il faudra probablement plusieurs volumes pour raconter toute l'histoire de notre famille!

– Cela l'aide à vivre! Il est heureux ainsi! C'est d'ailleurs un bien meilleur tonique que tous les remèdes que je peux prescrire!

Riant de sa propre plaisanterie, le docteur se dirigea vers le bureau de lord Fordcombe, et Mariota courut à la cuisine chercher le sherry que son père réservait pour les visites. Leur voisin, Mr Fellows, leur en avait offert au Noël dernier plusieurs bouteilles. En ayant entamé une, lord Fordcombe avait dit à son fils :

– Il serait sage de garder les autres pour les grandes occasions. Je me trouve toujours gêné de n'avoir rien à offrir lorsqu'un ami me rend visite. Le vin est quelque chose que nos moyens ne nous permettent vraiment pas!

Jeremy avait soupiré.

– Vous avez raison, père. Je vous avouerai, toutefois, que j'ai trouvé ce sherry délicieux.

– Moi aussi, avait acquiescé lord Fordcombe. D'ailleurs, je regrette souvent de ne pouvoir boire un bon vin de Bordeaux! Que c'est donc triste que nos caves soient vides!

Pour honorer ses dettes, l'ancien lord Fordcombe avait dû vendre sa sélection de vins fins qui représentait une somme d'argent importante. Et cela avait laissé bien assoiffés le fils et le petit-fils de ce jouisseur qui avait dépensé sans compter!

Mariota posa le carafon de sherry entamé et deux petits verres sur un plateau d'argent (elle avait eu la bonne idée de faire l'argenterie quelques jours auparavant).

– Ah, merci, ma chérie! dit son père, comme elle posait le plateau sur sa table de travail. Dawson, vous prendrez bien un verre avec moi, n'est-ce pas?

– Volontiers, monsieur, avec plaisir!

Mariota se glissa hors de la pièce et attendit que le docteur sorte pour le raccompagner. Quelques instants plus tard, il la rejoignait.

– Je sais, mademoiselle Forde, dit-il, que c'est vous qui allez vous occuper de cet hôte inattendu. C'est déjà beaucoup de travail. Je vous demanderai néanmoins de veiller votre malade cette nuit, au cas où il serait agité. Votre père m'a assuré que Jacob et lui s'arrangeraient entre eux pour vous remplacer dans la journée.

Mariota ne répondit rien, mais elle savait fort bien que son père se lasserait vite de son rôle de garde-malade; quant à Jacob, il n'aurait guère le temps de rester au chevet du blessé. Trop de travail le réclamait ailleurs!

– Oh, je me débrouillerai! dit-elle. De toute façon, ses amis ou ses parents ne vont certainement pas tarder à venir.

– Bien entendu, renchérit le docteur. Cependant, étant donné que nous n'avons aucun moyen de savoir qui ils sont, nous ne pouvons qu'attendre!

Devant le perron, se trouvait sa voiture que tirait un cheval fatigué.

– J'enverrai chercher le Dr Mortimer de Worcester, et je passerai voir notre patient dès demain matin, ajouta-t-il. Aussi, ne vous inquiétez pas!

– J'essaierai, promit Mariota.

Et tandis que la voiture s'éloignait, elle agita la main. Puis elle gravit, toute pensive, les marches du perron. Il lui faudrait s'installer sur un sofa cette nuit pour veiller le malade. Elle avait le sommeil léger, ce qui lui permettrait malgré tout de dormir un peu.

« Cela ne va pas être de tout repos, songea-t-elle. Mais nous ne pouvons nous en prendre qu'à nous-mêmes! »

Le lendemain, Jeremy partit de bonne heure. La diligence passait vers 6 h 30. Il fallait deux journées entières pour aller à Londres, mais il était si joyeux et plein d'entrain que Mariota n'avait pas à s'en faire : même ce long voyage serait une partie de plaisir pour lui!

Il avait eu soin de répartir sa précieuse fortune dans les différentes poches de son habit et de ne rien mettre dans son sac. Parfois, profitant de ce que les passagers d'une diligence s'arrêtaient à un relais pour se restaurer, des voleurs s'emparaient des bagages restés dans les voitures. Il arrivait aussi que les voyageurs se fassent dévaliser la nuit en partageant à plusieurs une chambre d'auberge par économie. Mariota avait insisté : Jeremy ne devait pas prendre ce risque!

– J'y ai pensé, dit-il. Ne t'inquiète pas. Cela n'a pas été facile de se procurer cet argent, et je ne tiens pas à le perdre ou à dépenser un seul sou inutilement.

Au moment de partir, il l'embrassa avec tendresse.

– Merci, dit-il, tu es la plus merveilleuse des sœurs! J'espère que l'inconnu sera un peu plus amusant à son réveil!

Mariota se mit à rire. Plus tard, lorsqu'elle se présenta au chevet du blessé, elle se rendit compte qu'elle éprouvait un certain intérêt pour lui. Il l'intriguait, d'une façon qu'elle n'aurait su expliquer.

Comme elle était si souvent seule, tout en vaquant à ses diverses occupations de maîtresse de maison, elle inventait dans sa tête des histoires romanesques, des intrigues palpitantes. Certaines l'étaient au point qu'il lui semblait pouvoir un jour les écrire, si elle avait le temps!

« Je pourrais même les faire éditer et gagner ainsi un peu d'argent! » songeait-elle.

Mais elle avait tellement à faire dans la maison! Il lui était déjà difficile de trouver un moment pour repriser les bas, raccommoder son linge, celui de son père et de son frère. Aussi, ses histoires n'étaient jamais écrites et restaient dans son imagination... Maintenant, ce gentilhomme blessé lui inspirait de nouvelles aventures.

Elle souffla les bougies, ne laissant qu'une petite veilleuse pour se guider au cas où il se réveillerait dans la nuit, et aurait besoin d'elle. Etait-ce parce qu'il ressemblait si peu aux hommes qu'elle avait rencontrés jusqu'à présent qu'elle éprouvait autant d'intérêt pour lui?

Il n'avait pas la prestance de son père, ni la beauté séduisante de son frère. Non. Il faisait penser à un général à la tête de son armée, livrant bataille contre un ennemi supérieur et sortant vainqueur de ce combat inégal. Il aurait pu être aussi bien un explorateur, gravissant les sommets élevés de l'Himalaya, ou découvrant une gigantesque mine de diamants, apportant ainsi la prospérité à tout un pays. Il parcourait de nouveaux mondes, tels Marco Polo ou Christophe Colomb; semblable à un dieu de l'Olympe, il dispensait la lumière à ceux qui vivaient enfermés dans les ténèbres de l'ignorance.

L'imagination débordante de Mariota lui prêtait tant de qualités que ce fut un choc lorsque, durant la seconde nuit de veille, elle entendit pour la première fois le malade s'agiter dans son lit.

Rejetant vivement la couverture et l'édredon qui la recouvraient, elle alluma une bougie. Le malade se débattait, murmurant des paroles incohérentes. C'était la fièvre qui le terrassait. Le Dr Mortimer avait prévenu Mariota :

– La plupart des patients souffrant de traumatismes crâniens délirent et s'agitent beaucoup. Ils sont parfois même saisis de violents soubresauts. Puis la fièvre disparaît, et ils entrent en convalescence. Ne vous inquiétez pas, mademoiselle Forde, avait-il ajouté pour la rassurer. Il s'agit d'une évolution normale de la maladie et si, par hasard, le patient remuait un peu trop, vous lui donnerez ce calmant qui le fera dormir.

Mariota avait expliqué du mieux possible au vieux Jacob les recommandations du médecin, sans avoir néanmoins la certitude qu'il ait bien compris.

Elle s'approcha du lit et posa la main sur le front du blessé. Comme elle s'y attendait, il était brûlant. A ce moment-là, le malade ouvrit les yeux, et à la lueur de la bougie, elle vit qu'il la regardait sans comprendre.

– Où suis-je? Que s'est-il passé?

– Tout va bien, dit-elle. Vous avez eu un accident, mais vous n'êtes plus en danger.

– J'ai chaud... très chaud.

– Je sais. Je vais vous donner à boire.

Elle prit sur la table de chevet un verre de citronnade qu'elle avait préparée dans l'après-midi.

Lui soulevant légèrement la tête, elle approcha le verre de ses lèvres. L'inconnu but avidement.

– Maintenant, je vous en prie, tâchez de dormir, supplia-t-elle. Vous serez bientôt guéri.

Un instant, il sembla vouloir l'interroger de nouveau puis, vaincu par la fatigue, il referma les yeux et sombra dans le sommeil. Mariota le borda et retourna s'allonger sur le sofa, laissant la bougie allumée au cas où il se réveillerait de nouveau. De son lit, elle voyait son visage, ses cheveux noirs. Il avait les yeux bleus, alors qu'elle l'imaginait avec des yeux gris comme les siens – pourquoi? elle n'aurait su le dire. Ses yeux, d'un bleu profond, avaient la couleur de la mer par temps d'orage. Avec ses cheveux sombres, c'était d'un effet saisissant.

« Qui peut-il bien être? » pensa-t-elle avant de s'endormir à son tour.

Le lendemain, sa curiosité se trouva satisfaite.

Elle finissait d'aider Mrs Brindle à faire la vaisselle du petit déjeuner – Jacob la remplaçait auprès du malade –, lorsqu'elle entendit une voiture s'arrêter devant le perron. Elle porta vivement la main à ses cheveux pour les recoiffer, rabattit les manches de sa robe en coton et en boutonna les poignets. Puis elle se dirigea à pas lents, avec une dignité étudiée, vers la porte d'entrée. Au même moment, la sonnette retentit violemment. Sur les marches, se tenait un laquais qui portait la même livrée que celui qu'elle avait tenu en respect au bout de son pistolet.

– Excusez-moi, mademoiselle, dit-il poliment. Il paraît que le comte de Buckenham est ici.

– Le comte de Buckenham?

– Oui, au village, on nous a dit que Mr Jeremy Forde avait trouvé un gentilhomme blessé au bord de la route et l'avait fait transporter chez lui.

– Oui, c'est bien cela.

Sans plus attendre, le laquais retourna en courant

vers la voiture qui attendait au bas du perron, ouvrit la portière et dit quelques mots. Une femme vêtue de noir en descendit, probablement la propriétaire du petit sac noir brodé que Jeremy avait volé. Elle s'avança vers Mariota et celle-ci vit qu'elle était belle, sinon plus très jeune.

– Mon domestique me dit, commença-t-elle d'une voix douce et musicale, que mon frère, le comte de Buckenham, se trouverait chez vous.

– Nous ne connaissions pas l'identité de votre frère, répondit Mariota. On l'a trouvé blessé au bord de la route.

– Blessé? s'exclama la voyageuse. Lui aurait-on tiré dessus?

Mariota, qui s'était attendue à cette question, releva les sourcils, comme mue par la surprise et s'écria :

– Tiré dessus? Mais pourquoi donc?

– J'ai été attaquée par des bandits qui m'ont volée. Lorsqu'ils nous ont laissés partir, j'ai entendu un coup de feu, mais je ne pouvais rien faire.

La façon dont la voyageuse racontait son aventure laissait clairement entendre que les domestiques qui l'accompagnaient avaient eu peur et qu'ils avaient fui le plus vite possible les bandits qui les menaçaient. De sorte qu'elle avait compris ce qui s'était passé seulement plus tard, lorsque son frère avait tardé à la rejoindre.

– Mon Dieu, quelle peur vous avez dû avoir! dit Mariota. Mais, je vous en prie, veuillez entrer! Vous désirez certainement voir votre frère, bien qu'il ne soit pas encore complètement revenu à lui.

– Est-il gravement blessé?

– Non, je ne crois pas. Deux médecins l'ont examiné. Il souffre d'une commotion cérébrale car il est tombé sur une pierre.

– Il est tombé? C'est qu'on a tiré sur lui, alors!

– Je ne connais pas les détails, reprit Mariota.

Mais d'après ce que j'ai compris, votre frère est tombé de cheval et sa tête a heurté une grosse pierre. C'est pourquoi il a la tempe meurtrie.

Tout en parlant, elles étaient rentrées dans la maison et se trouvaient maintenant dans l'entrée. La sœur du comte s'arrêta et regarda Mariota droit dans les yeux, comme si elle n'arrivait pas à croire ce qu'elle lui disait.

– J'avoue que je ne comprends pas, dit-elle. Mon frère est un excellent cavalier, et autant que je sache, il n'est jamais tombé de cheval sans raison!

– Il est difficile de savoir ce qui a pu se passer, répondit Mariota. Mais... vous parlez de bandits... ce sont peut-être eux qui ont tiré sur son cheval et l'ont manqué!

– Et son cheval, on l'a retrouvé?

– Il est à l'écurie. Il ne porte aucune trace de blessure.

– Voilà une bonne nouvelle!

– Je vous montre la chambre où se trouve votre frère.

– Oh, oui! J'étais follement inquiète à son sujet. Le plus terrible, c'est qu'une fois de retour à Madresfield où nous séjournons chez le duc, je ne me souvenais pas, et mes domestiques non plus, où exactement les bandits nous avaient attaqués.

Elle soupira avant de poursuivre :

– Jusqu'à présent, nous avons cherché partout, sauf au bon endroit! Ce n'est qu'hier soir qu'un laquais du duc a appris en se renseignant dans votre village qu'un homme blessé avait été transporté chez vous.

– Nous avons pris soin de votre frère, dit Mariota d'une voix apaisante. Un médecin réputé de Worcester et notre médecin de famille ont tous deux affirmé que votre frère ne souffrait que de simples contusions.

– Vos gens l'ont soigné? Comme c'est gentil! Vraiment, il faut que je les remercie!

– En fait, nous avons peu de personnel, répondit Mariota avec un petit sourire, et c'est moi qui m'en suis occupée. Mon père et notre valet qui est très vieux lui ont fait sa toilette et l'ont rasé.

– Votre père, serait-ce lord Fordcombe?

– C'est cela.

– Et vous portez le même nom?

– Je m'appelle Mariota Forde.

– Et moi, Noreen Coddington. Mon mari, lord Coddington est mort à la guerre. Depuis je suis seule... vous pouvez imaginer ce que représente mon frère... je n'ai plus que lui au monde!

– Naturellement, je vous comprends. Moi aussi, j'ai un frère que j'aime énormément!

C'était peut-être une erreur de parler de Jeremy, mais après tout, il n'était pas là et cela ne pouvait pas prêter à conséquence. Elles étaient maintenant dans la galerie qui conduisait à la « chambre du roi ». Mariota jeta un regard furtif vers lady Coddington. Son visage était la gentillesse et la douceur mêmes. Assurément, ce n'était pas le genre de personne décidée à poursuivre sans pitié des bandits, et à les envoyer à la potence, alors qu'ils l'avaient en définitive à peine menacée.

Lorsqu'elles entrèrent dans la chambre, Jacob était assis sur une chaise près de la fenêtre.

– Le gentilhomme est réveillé, mademoiselle Mariota, dit-il en se levant précipitamment, mais il est très calme.

– Merci, Jacob, répondit-elle. Vous pouvez aller, maintenant. Je vais rester à son chevet.

Ravi d'être délivré de ses fonctions de garde-malade, Jacob se retira de son pas traînant. Lady Coddington s'approcha du lit.

– C'est moi, Alvic. Je suis tellement heureuse de vous avoir retrouvé! Comment vous sentez-vous? Vous souffrez beaucoup?

– Un peu, dit le comte avec difficulté. Je ne me souviens pas de ce qui s'est passé.

– Je vous raconterai plus tard, quand vous serez mieux, reprit lady Coddington. Maintenant, il faut vous reposer. Tâchez de dormir et ne pensez plus à rien.

– Je me sens très fatigué, articula-t-il lentement.

Il ferma les yeux. Pour ne pas troubler le sommeil du malade, les deux femmes sortirent en silence de la chambre.

– Il a reçu un coup violent! dit lady Coddington.

– En effet. Sa tête a heurté une grosse pierre. Je crois que son épaule est aussi très meurtrie.

– Enfin, il est vivant! C'est ce qui importe! Ces misérables ne l'ont pas tué comme ils auraient très bien pu le faire!

– Il ne porte aucune autre blessure, précisa vivement Mariota.

Il y eut un silence. Puis :

– Pourrais-je parler à votre père? reprit lady Coddington. Je voudrais tant le remercier de son hospitalité! Naturellement, dès mon retour à Madresfield, je vais envoyer le valet de mon frère pour vous aider.

– M. le comte sera très heureux d'avoir son valet auprès de lui, acquiesça Mariota.

– Vous avez été si bonne de veiller sur lui! Vous verrez que Hicks est un excellent garde-malade. Il est au service de mon frère depuis l'époque de l'armée. Je vous assure qu'il ne vous posera aucun problème.

Le nombre restreint de domestiques qui entretenaient le château du « Gué de la Reine » n'avait pas échappé à lady Coddington. En vérité, il aurait fallu être bien peu observateur pour ne pas remarquer l'extrême usure des tapis, la couleur fanée des tentures, le délabrement dans lequel se trouvait le château. Elles descendirent l'escalier pour se rendre dans le bureau de lord Fordcombe. Mariota sentait quelque part sa fierté blessée : ils avaient fait de leur mieux, ils n'accepteraient aucune critique. Et si cela n'était pas suffisant, rien n'obligeait le comte de Buckenham à demeurer ici!

Elle ouvrit la porte du bureau. Son père, qui écrivait, leva les yeux, les sourcils froncés. Voilà qu'on le dérangeait de nouveau!

– Père, voici lady Coddington. Notre malade est son frère, le comte de Buckenham. Elle désirait vous voir.

– Oui, je voulais vous remercier, dit lady Coddington. (Elle s'avança la main tendue.) Merci, merci de tout cœur, lord Fordcombe, d'avoir pris soin de mon frère! Jamais je ne pourrai vous exprimer toute ma gratitude!

– C'est heureux que mon fils l'ait trouvé, répondit lord Fordcombe. Cela aurait pu lui être fatal de passer toute la nuit, blessé, sur une route. Heureusement, on l'a transporté à la maison où ma fille lui a, je crois, donné les meilleurs soins.

– Vous avez tous été tellement bons! Je vous présente toutes mes excuses pour avoir abusé ainsi de votre hospitalité.

Mariota vit son père sourire : son beau visage rayonnait, il semblait ravi de l'amitié que lui témoignait lady Coddington.

– Puis-je vous offrir un verre de sherry? proposa-t-il.

– Avec plaisir!

Mariota courut chercher le carafon. Il en restait très peu, après le verre offert au Dr Mortimer et au Dr Dawson. Fallait-il descendre à la cave et remonter une autre de ces bouteilles, trésor inestimable? Non, ce serait bien trop long. Elle disposa donc sur le plateau d'argent le flacon et les deux verres qu'elle apporta dans le bureau. Lady Coddington et son père étaient assis sur le sofa face à la cheminée, parlant non pas du comte de Buckenham, mais du travail de son père sur l'histoire de la famille Forde.

– Maintenant, je me souviens, disait la visiteuse J'ai déjà entendu parler du « Gué de la Reine ». J'ai toujours trouvé que c'était un nom charmant – et, naturellement, j'ai lu des livres où l'on rapporte les hauts faits de vos ancêtres! Vous devez être très fier de votre famille!

– Je suis fier des grandes actions que les marins, les soldats et les hommes politiques de ma famille ont réalisées, répondit lord Fordcombe. Je souhaiterais seulement parfois qu'ils n'aient pas jugé indispensable pour servir leur pays de gaspiller autant d'argent! Cette génération est venue au monde sans rien et le quittera de même!

– J'ai un peu honte, dit lady Coddington en riant, car la famille de mon mari a fait exactement l'opposé. Sans appartenir à une famille aussi ancienne que la vôtre, les Coddington ont réussi à se hisser à de hautes fonctions, à jouir de beaucoup de puissance et y ont toujours trouvé leur compte!

– Alors, c'est qu'ils ont eu plus de chance que nous! répliqua lord Fordcombe, amusé.

Mariota s'éclipsa. Curieuse de savoir comment allait le malade après la visite de sa sœur, elle remonta le voir. Comme elle s'y attendait un peu, il était éveillé. Elle s'approcha.

– Noreen était là, tantôt? demanda-t-il.

– Oui, votre sœur est venue vous voir. Elle vous a cherché partout, et maintenant, elle vous sait ici.

– Qui êtes-vous?

– Je suis Mariota Forde.

– Mariota... C'est la première fois que j'entends ce prénom.

– Il faut dormir, reprit-elle gentiment, et vite guérir. Votre sœur veut vous voir sur pied rapidement. Elle est tellement heureuse de vous avoir retrouvé!

Le comte ne répondit pas, mais Mariota sentait son regard posé sur elle tandis qu'elle remettait un peu d'ordre dans la chambre. Elle prit la carafe de citronnade qui était presque vide.

– Voulez-vous boire encore un peu? Je crois que ce soir vous pourrez manger légèrement.

– Je n'ai pas faim, mais j'ai soif.

Elle versa le reste de citronnade dans un verre. Le miel avec lequel elle avait sucré la boisson était resté au fond. Peut-être allait-il trouver mauvais goût à ce rafraîchissement? Toutefois, elle ne dit rien, et le comte but sans protester. Quand il eut fini, il reposa la tête sur l'oreiller.

– Je descends dire au revoir à votre sœur, dit-elle, et je reviens. Vous êtes sûr de ne rien vouloir d'autre?

– Vous reviendrez?

– Je vous le promets. C'est moi qui vous soignerai jusqu'à l'arrivée de votre valet.

Comme il ne disait rien, elle se demanda s'il avait entendu. Sur le seuil de la chambre, elle se retourna. Les yeux du comte ne la quittaient pas. Peut-être avait-il peur qu'on ne le laisse seul?

– Je reviens très vite, promit-elle.

Et elle eut le sentiment que c'étaient les mots qu'il désirait entendre.

3

Hicks ouvrit la porte pour Mariota qui apportait un grand bouquet de fleurs.

– Voilà pour vous égayer un peu! dit-elle en posant le vase sur une table de façon que le comte puisse le voir de son lit.

– En effet, j'ai bien besoin de réconfort! répondit celui-ci avec cette sécheresse qui, comme elle l'avait souvent remarqué, le caractérisait.

Elle le regarda, surprise.

– Je me sens abandonné, reprit-il. Vous n'êtes pas venue me voir ce matin.

– Je suis désolée, répliqua Mariota, mais je pensais que vous n'aviez pas besoin de moi, étant donné que votre valet est arrivé.

– Hicks est remarquable pour bien des choses, mais il fait un piètre compagnon quand il s'agit de bavarder!

Celui-ci avait quitté la pièce à l'arrivée de la jeune fille. Ayant disposé les fleurs, elle s'approcha du lit. Le malade semblait beaucoup mieux. Bien sûr, la blessure qu'il avait reçue au front n'avait pas encore disparu et virait au noir; mais il avait incontestablement meilleure mine. Avec ses cheveux rejetés en arrière dégageant son front haut, il ne ressemblait plus du tout au malade sans connaissance qu'elle avait veillé et pour lequel elle avait même craint la mort.

Il avait revêtu une chemise de nuit en soie,

beaucoup plus élégante que celle que son père lui avait prêtée pour commencer. Le jabot était aussi volumineux qu'un nœud de cravate. Adossé aux oreillers, il arborait cet air d'autorité qu'elle avait deviné, bien avant qu'il ne lui adresse la parole.

– Votre sœur vient vous voir cet après-midi, dit-elle. Père lui fera visiter ensuite les parties les plus anciennes de la maison qui sont toutes fermées maintenant.

– Et pourquoi sont-elles fermées?

– N'est-ce pas évident? Nous avons dû les fermer parce que nous n'avons pas assez de personnel pour l'entretien du château. Il n'y a que le vieux Jacob et moi pour s'occuper du ménage, et comme vous le savez, Jacob est bien loin d'être rapide!

C'était dit sur le ton de la plaisanterie, car elle ne cherchait qu'à distraire son malade. Mais elle le vit froncer légèrement les sourcils.

– Etes-vous donc si pauvres? demanda-t-il.

– Plus que les souris d'église! dit-elle en souriant.

Il y eut un silence.

– Je me rends bien compte que je dois être une gêne pour vous, reprit-il, et, puisque les médecins m'interdisent de me lever pour le moment, il faut me dire ce que je peux faire pour vous aider!

C'était vrai. Le Dr Dawson avait été catégorique. Le comte ne devait pas bouger tant que l'os de la clavicule n'était pas ressoudé et que les terribles migraines dont il souffrait quotidiennement ne disparaissaient pas.

– C'est avec plaisir que nous nous occupons de vous, s'empressa de dire Mariota. Il ne faut pas écouter Lynne.

Le comte sourit. Lynne avait parlé sans retenue dès qu'il avait été suffisamment bien pour avoir des visites.

– Grâce à vous, voilà enfin un peu d'animation! avait-elle déclaré. Nous n'avons rien connu de semblable dans la région depuis que la dernière personne de qualité a occupé cette chambre! C'était Charles II, avait-elle précisé comme le comte levait un sourcil étonné. D'ailleurs, en y réfléchissant, je trouve que vous lui ressemblez assez!

– Merci.

– Père a consacré tout un chapitre de son livre à la grande fête qui eut lieu ici, au « Gué de la Reine », lorsque Charles II y séjourna. Malheureusement, votre festin à vous se composera uniquement de lapin et toujours de lapin!

Le visage de son interlocuteur affichait la plus grande surprise tandis qu'elle expliquait :

– A cette époque de l'année, on ne peut chasser que du lapin sur nos terres. D'ailleurs, Jeremy dit souvent que s'il continue ce régime encore quelque temps, il va bientôt lui pousser une queue de lapin!

– C'est une histoire très triste! dit le comte en riant.

– Bien sûr que c'est triste, pour nous. J'imagine, en revanche, que l'on vous sert les mets les plus délicieux chez vous, dans l'Oxfordshire!

– Et qui, je vous prie, vous a parlé de ma maison?

– Elaine. Nous suivons ensemble les cours de sa gouvernante. Elle m'a raconté plein de choses sur vous : combien vous êtes important, que vous vivez dans un luxe inouï, comme si vous étiez un prince, et que toutes les jeunes ladies encore sans mari sont à vos pieds et veulent vous épouser!

Le comte ne réussit pas à prendre l'air sévère et un sourire lui échappa.

– Je vois que ma réputation m'a précédé jusqu'ici!

– Parfaitement! Même ici, dans « ce trou perdu, au diable Vauvert », comme dirait Jeremy, mon frère! Nous n'avons pas de cheval pour nous emmener loin d'ici, aussi, nous restons là, à regarder pousser les légumes!

– En attendant, vous êtes intarissable sur ce sujet! observa le comte d'un ton moqueur.

– Etant donné que nous n'avons qu'à nous soucier de ce que nous allons bien pouvoir manger, j'avoue qu'un régime de lapins a dû nous donner des cerveaux de lapins! rétorqua Lynne.

Sur ces entrefaites, Mariota était entrée, surprenant les derniers mots de sa sœur.

– Il ne faut pas fatiguer M. le comte, dit-elle, sévère. De plus, nos problèmes ne l'intéressent pas.

– Je croyais qu'il désirait savoir comment les pauvres et les nécessiteux font pour vivre, répliqua Lynne.

– Je ne crois pas. Pourrais-tu, chérie, aller ranger un peu le salon avant que lady Coddington n'arrive? Tu as laissé traîner toutes tes affaires.

– Voilà une façon polie de se débarrasser de moi, dit Lynne au comte en se levant. Très bien, si Mariota vous veut pour elle toute seule, je me sauve!

Et lui adressant un sourire charmant et plein de séduction, elle quitta vivement la pièce avant que Mariota ne puisse lui faire des remontrances.

– Je suis désolée que Lynne vous ait ennuyé, reprit-elle quand ils se retrouvèrent seuls.

– Mais pas du tout! répliqua le comte un peu brusquement. Simplement je suis gêné de m'être imposé ainsi, d'avoir fait venir Hicks par surcroît, sans avoir pensé à vous dédommager!

Un peu mal à l'aise, Mariota redressa le menton. Allait-il lui proposer de l'argent pour les frais qu'il leur occasionnait?

– Je me rends compte, mademoiselle Forde, ajouta-t-il comme s'il saisissait ses pensées, qu'une famille comme la vôtre qui a largement contribué à l'histoire de notre pays ne peut faire taire sa fierté, cependant...

– Cependant, j'espérais que M. le comte était satisfait! l'interrompit Mariota d'un ton sec. Hier, vous avez dit que le poulet était délicieux!

– C'était délicieux, c'est la vérité! reprit-il vivement. Mais, en y réfléchissant, j'imagine que c'était là un extra qui a dû considérablement alourdir vos dépenses.

« Quelle ne serait pas sa surprise, songea Mariota, s'il apprenait que c'était en réalité son propre argent qui avait servi à le payer! »

– J'ai d'ailleurs demandé à ma sœur, continua le comte, d'apporter cet après-midi des fruits cultivés dans les serres du duc. Vous verrez, ils sont excellents. Toutefois, nous devrions nous montrer plus pratiques, me semble-t-il, et je propose qu'à partir de demain, ma sœur se charge elle-même des repas qui vous aideront autant que moi à reprendre des forces.

Ne sachant que répondre, Mariota fit quelques pas vers la fenêtre où elle se tint immobile, regardant le jardin mal entretenu et quasiment à l'abandon.

Pour elle, il avait pourtant une réelle beauté, lorsqu'il était, comme en ce moment, baigné par le soleil. Mais elle savait qu'aux yeux d'un étranger, ce n'était qu'un triste amas de végétation ayant désespérément besoin des soins d'un jardinier. Un sentiment de fierté qu'elle n'avait pas soupçonné jusqu'alors lui commandait de refuser, de dire non au comte. Il lui semblait, en outre, que s'ils devaient souffrir, après le départ de leur hôte, du manque d'argent, ce ne serait que justice après tout! S'il était ici, dans cette chambre, n'était-ce pas leur faute, à Jeremy et à elle?

– Venez ici, je vous prie, dit le comte. Je veux vous parler et je ne vois pas pourquoi je devrais hausser la voix.

Il lui donnait des ordres, et c'était quelque chose qui lui déplaisait profondément. Cependant, c'était un malade et elle ne pouvait décemment se montrer hostile et se refuser à l'écouter. De mauvaise grâce, elle se détourna de la fenêtre et s'approcha.

– C'est votre frère qui m'a sauvé la vie, reprit le comte. Si j'avais passé la nuit dehors, j'aurais sans doute attrapé une pneumonie. C'est vous qui m'avez soigné et veillé jusqu'à ce que ma sœur me retrouve, et cela au détriment de votre confort! C'est grâce à vous que je suis en vie! Si vous étiez à ma place, vous désireriez vous aussi exprimer votre reconnaissance, non?

Mariota ne savait que répondre.

– Je sais par Hicks que vous vous donnez beaucoup de mal dans cette maison, poursuivit-il. De plus, c'est vous qui préparez les repas que l'on m'apporte. Cela vous plaît donc tellement de n'être qu'une domestique dans votre propre maison?

– Je suis parfaitement heureuse ainsi, lança Mariota d'un air de défi.

– Sottise! répondit le comte sur le ton coupant qu'il avait lorsqu'il était agacé. Vous savez très bien que vous feriez sensation dans les salons, à Londres! Quant à votre jeune sœur Lynne, elle serait adulée par tout Saint-James.

Mariota poussa un soupir avant de répliquer sèchement :

– Si les souhaits étaient des chevaux, les mendiants iraient à cheval, monsieur! Les choses étant ce qu'elles sont, nous tâchons de prendre la vie comme elle se présente et de nous en accommoder le mieux possible.

Elle fit une pause puis, comme il ne disait rien, ajouta :

– J'espère que vous n'encouragerez pas Lynne à être mécontente de son sort et à rêver de plaisirs qu'elle ne connaîtra jamais!

– Envisagez-vous sérieusement pour votre sœur et vous-même de passer votre vie ici, sans aucune distraction que, de temps à autre, un inconnu qui fait une chute de cheval?

Le comte avait dit cela avec tant d'ironie que Mariota aurait voulu le détromper et lui affirmer qu'ils ne s'ennuyaient pas à ce point, qu'ils s'amusaient parfois et que de toute façon, peut-être, un jour la chance leur sourirait... Mais il l'avait blessée dans son amour-propre.

– Si monsieur le comte trouve le « Gué de la Reine » si déplaisant, qu'il se rassure! D'ici quelques jours, les médecins l'autoriseront à se lever et il pourra s'installer chez le duc. Ainsi, il n'aura plus à nous supporter, ni à penser à nous!

Elle s'attendait à ce que le comte réponde par une remarque aussi cinglante, mais il dit gentiment :

– Venez ici, Mariota!

Il l'avait appelée par son prénom et elle n'émit aucune protestation. Comme elle ne bougeait pas, il tendit la main vers elle en répétant :

– Venez ici, je veux vous dire quelque chose.

Elle se rapprocha, et instinctivement, comme si une force extérieure la dirigeait, elle mit sa main dans la sienne. Il étreignit ses doigts et remarqua qu'ils étaient froids. Le contact de leurs mains les bouleversa : une vibration très nette allait de l'un à l'autre.

– Je vous ai fait de la peine, Mariota. Je ne le voulais pas. Pardonnez-moi! dit-il en plongeant son regard dans celui de la jeune fille.

C'était la première fois qu'il lui parlait ainsi, qu'il lui prenait la main... Dans son trouble Mariota ressentit un grand élan d'affection envers cet homme généreux.

– Je désire vous aider, poursuivit-il, et si vous, Mariota, souhaitez ne m'être redevable de rien, pensez du moins à votre père, à votre sœur si jolie, à votre frère que je ne connais pas encore...

– Je ne les oublie pas!

– Je sais, et je me rends bien compte que c'est vous qui portez tous les soucis de votre famille. Mais il ne peut en être toujours ainsi!

– Peut-être qu'un jour... quelque chose arrivera...

– Quoi, par exemple?

Son ton calme, son air plein d'intérêt et de gentillesse décidèrent Mariota à se confier.

– Oh! j'imagine que peut-être un jour nous trouverons un trésor caché au fond du grenier, ou bien enfoui dans un coin du jardin; que peut-être le livre de père se vendra bien et que nous ferons fortune; ou encore qu'un génie apparaîtra dans un nuage de fumée et m'accordera trois vœux.

Elle parlait, perdue dans ses rêves, sans voir que son interlocuteur l'observait, intensément, et étreignait sa main avec force.

– Et quels sont ces trois vœux?

– D'abord, que notre domaine retrouve sa splendeur d'autrefois, ensuite, que Jeremy ait des chevaux beaux comme votre étalon noir, enfin, que Lynne sorte dans le monde et soit, comme vous le disiez tantôt, admirée par tout Saint-James. Je serais heureuse si ces trois vœux se réalisaient.

– Si vous êtiez honnête, Mariota, il me semble que vous souhaiteriez rencontrer quelqu'un qui vous aime et que vous aimerez... C'est ce que toute femme désire.

– J'imagine que oui, acquiesça-t-elle.

Elle ne regardait pas le comte, mais restait plongée dans sa rêverie, comme lorsqu'elle était seule et se réfugiait dans des histoires merveilleuses.

– Vous n'avez jamais été amoureuse?

– Seulement dans mes rêves.

– Et à quoi ressemble votre amoureux dans vos rêves?

– Il est grand, brun, très beau. C'est un excellent cavalier. Il est fort, autoritaire, mais si quelqu'un a des ennuis, il sait être bon, prévenant et compréhensif.

Les mots sortaient sans hésitation de sa bouche, livrant ses secrets de jeune fille qu'elle chérissait depuis toujours. Une fois de plus, son héros escaladait les plus hautes montagnes, allait de par le monde, au-devant d'aventures insensées, ou bien – c'était d'ailleurs une de ses histoires préférées – gagnait une course de cheval.

Elle n'avait jamais assisté à de grandes courses, mais elle en avait lu les comptes rendus dans les journaux. Parfois, une course d'obstacles ou de fond avait lieu dans le comté, et si ce n'était pas trop loin, Jeremy l'y emmenait. Toutefois, ces sorties n'étaient jamais bien joyeuses, car Jeremy rageait de ne pouvoir y participer et laissait libre cours à son amertume.

– Ce type, je l'aurais battu à plate couture! pestait-il tandis que la foule acclamait le gagnant qui venait de franchir la ligne d'arrivée.

– Il me semble que votre homme idéal sera un peu difficile à trouver, remarqua le comte de son ton moqueur.

Ces mots ramenèrent Mariota sur terre. Tout à coup, elle se sentit gênée d'avoir ainsi laissé vagabonder son imagination devant un inconnu. Elle retira vivement sa main que le comte tenait toujours, et dit précipitamment :

– Monsieur le comte doit penser que je raconte beaucoup de sottises. La solitude où je me trouve ne vaut rien...

– Et si je vous disais qu'un jour vos rêves se réaliseront, me croiriez-vous? demanda-t-il.

– Tout cela est fort improbable. Maintenant, je dois vous quitter et aider à préparer votre repas. J'espère que vous en serez satisfait.

– Maintenant, c'est vous qui n'êtes pas gentille

avec moi! s'écria le comte. Et je vous fais remarquer que c'est très mal vous acquitter de votre rôle d'ange gardien!

– Si tel est mon rôle, il me semble que désormais Monsieur est suffisamment bien remis pour ne plus avoir besoin d'ange.

– Je n'en suis pas si sûr. En fait, si cela vous intéresse, apprenez que j'ai un mal de tête qui me fait atrocement souffrir!

– Oh! Il faut vous allonger immédiatement! s'écria Mariota, alarmée. C'est ma faute, aussi! Je ne devrais pas parler autant! Le Dr Dawson sera en colère ce soir si je lui dis que je vous ai empêché de vous reposer.

– Mais vous ne m'avez pas ennuyé le moins du monde! Ce sont vos ennuis qui me tracassent! Je déteste ne pas trouver de solution à un problème, ou rencontrer des obstacles sur ma route que je ne peux vaincre!

Doucement, Mariota retira un des oreillers afin qu'il puisse s'allonger.

– Tâchez de dormir un moment avant votre déjeuner.

– Je ne veux pas dormir, s'obstina-t-il. Je veux que vous restiez et que l'on bavarde!

– Mais avec la meilleure volonté du monde, je ne peux pas être dans deux endroits à la fois! s'écria Mariota. Il faut que je m'occupe moi-même de votre repas. Mrs Brindle, elle, fait de son mieux, mais je dois superviser...

– Très bien, très bien, je vous laisse partir! Mais alors, promettez-moi de venir me voir cet après-midi, pendant que votre père tient compagnie à ma sœur. Après tout, ce n'est que juste!

– Ce serait avec plaisir, monsieur, mais il serait plus sage de dormir.

– Dormir! Dormir! s'exclama-t-il. Vous et les médecins semblez penser que c'est le remède à tous les maux! Personnellement, je trouve beaucoup plus bienfaisant de vous écouter, même si vous me dites des méchancetés!

– Mais... je ne dis pas... ce n'est pas juste... commença-t-elle.

Elle s'interrompit, voyant que le comte plaisantait. Leurs regards se croisèrent, et sans qu'elle sût pourquoi, elle sentit ses joues s'empourprer.

– Je vous en prie, tâchez de dormir un peu, supplia-t-elle d'une voix qui tremblait légèrement.

Elle se glissa hors de la chambre et referma doucement la porte. Le comte demeura les yeux ouverts. Son regard se posa sur le bouquet que la jeune fille avait apporté. Les délicates tiges de seringa, les lilas blancs et les roses en boutons évoquaient la fraîcheur du printemps, lui rappelant la jeunesse de Mariota. Il soupira et une expression presque douloureuse passa dans ses yeux.

Vers 3 heures, lady Coddington arriva au château. Elle ne prenait plus la peine de sonner. Inutile de déranger le vieux Jacob dans son travail pour l'accompagner jusqu'à la chambre du comte. Elle demanda donc à son laquais de porter un panier de fruits à la cuisine, et sans plus attendre, entra vivement dans la maison pour retrouver son frère.

– J'arrive un peu plus tard aujourd'hui, Alvic, dit-elle, mais tu me pardonneras. Ce n'est vraiment pas ma faute. Le déjeuner a duré encore plus longtemps qu'à l'ordinaire, et pourtant, nous étions à table plus tôt! Le duc n'en finissait plus avec ses interminables histoires!

– J'en sais quelque chose! répondit le comte.

Lady Coddington embrassa son frère et se tournant vers Mariota qui s'était levée de sa chaise :

– Bonjour, mademoiselle Forde, ou plutôt Mariota, si vous le voulez bien? Mon frère semble aller beaucoup mieux. Je vous suis tellement reconnaissante de vous occuper ainsi de lui!

– M. le comte avait mal à la tête ce matin encore, dit Mariota.

– Ce n'était rien. C'est parti de toute façon, s'empressa de préciser le malade comme sa sœur le regardait avec inquiétude.

Il ne disait probablement pas la vérité mais, de toute évidence, il ne désirait pas s'étendre plus longuement sur son état de santé.

Lady Coddington était ravissante, ce jour-là. Pour la première fois, elle n'était pas en noir, mais vêtue d'une jolie robe mauve rappelant la teinte délicate des lilas qui à cette époque de l'année fleurissaient dans le jardin. Son chapeau était garni de rubans assortis. Elle portait un collier d'améthystes et de diamants, et les mêmes pierres brillèrent à ses doigts tandis qu'elle enlevait ses gants.

Mariota se dirigea vers la porte, pensant que lady Coddington désirait rester seule en compagnie de son frère. Sur le seuil, elle se retourna.

– Père attend votre visite avec plaisir, madame. Vous connaissez le chemin jusqu'à son bureau...

– Oui, bien sûr, répondit lady Coddington. Je pense qu'il ne faut pas fatiguer mon frère, n'est-ce pas? Ne vous en faites pas, je vous promets de ne pas rester trop longtemps.

– Je vous remercie, dit Mariota en fermant la porte.

– Quelle charmante jeune fille! Et si mignonne! observa lady Coddington. C'est une honte que lord Fordcombe soit dans un tel dénuement, qu'il soit obligé de vivre en reclus! Quel dommage qu'il s'obstine à refuser l'hospitalité du duc et des autres châtelains du comté!

– Et pourquoi donc refuse-t-il? interrogea son frère.

– Le duc dit qu'il est beaucoup trop fier pour accepter une invitation qu'il ne peut rendre.

Tout en parlant, elle regardait autour d'elle.

– Je n'ai jamais vu une demeure aussi charmante

que celle-ci. Mais cela me brise le cœur, Alvic, de voir dans quel état de délabrement elle se trouve! Il n'y a pas une seule fenêtre sans un carreau cassé et tous les rideaux sont en lambeaux!

– Il n'y a rien à faire, en tout cas, répondit le comte. Je viens de me bagarrer avec Mariota à ce propos. J'avais l'intention de vous demander si vous pouviez vous charger désormais des repas.

– Des repas? s'exclama lady Coddington, surprise.

– Ils sont trop pauvres pour me nourrir, répondit son frère avec brusquerie. C'est la jeune sœur, qui d'ailleurs sera dans quelque temps d'une beauté remarquable, qui m'a appris que je leur volais quasiment le pain de la bouche.

– Mais je n'avais pas pensé à ça! C'est terrible d'être aussi pauvre alors que nous sommes si riches... Sûrement, on peut les persuader d'accepter...

– Oh! Ne vous fatiguez pas! C'est inutile! Ils sont fiers comme ce n'est pas permis! Le seul moyen de les obliger à accepter notre aide, c'est de me faire passer pour un gourmet et de dire que je ne suis pas satisfait des repas que l'on me prépare!

– En êtes-vous satisfait?

Le comte fit une petite grimace avant de répondre.

– J'ai plutôt l'impression d'être retombé en enfance!

– Je suis sûre que c'est très bon pour vous, un peu de régime! dit lady Coddington en riant. J'ai toujours pensé que votre cuisinier faisait des plats délicieux, mais beaucoup trop riches!

– Donc, vous allez demander au cuisinier du duc de préparer quelques pâtés, de ce fromage de tête, par exemple, qu'il réussit merveilleusement bien, une langue de bœuf, bref, tout ce qu'il peut se procurer en ce moment.

– Et si cette enfant et son père se sentaient offensés et refusaient?

– Je tâcherai de faire entendre raison à Mariota. Je vous laisse le soin de vous occuper de lord Fordcombe.

A ces mots, un sourire qui n'échappa pas au malade éclaira le visage de lady Coddington.

– D'ailleurs, lord Fordcombe doit vous attendre, reprit-il. Allez donc le retrouver, et revenez un peu plus tard! Je vais me reposer un moment.

– Eh bien! Si c'est ainsi, je vous laisse, dit la visiteuse en se levant. Ah! Que je suis sotte! s'exclama-t-elle tout à coup. J'oubliais de vous dire que vous aviez le bonjour d'Elisabeth. Elle désire savoir si elle peut m'accompagner demain pour vous voir.

– Non... Je n'y tiens pas. Dites-lui d'attendre que j'aille mieux. Vraiment, tous ces bavardages me fatiguent et me donnent mal à la tête!

– Naturellement, mon cher Alvic! Je comprends.

Lady Coddington quitta la pièce, laissant le comte rembruni. Plus tard, lorsque Mariota vint voir s'il n'avait besoin de rien, son visage contracté exprimait toujours un profond mécontentement.

– Monsieur, je serai franc avec vous, dit le Dr Mortimer. Vous lever et peut-être même quitter le château, comme vous comptez le faire, serait de la pure folie.

Il n'en dit pas plus, s'attendant à des protestations de la part de son patient. Comme celui-ci ne disait rien, il poursuivit :

– Ces migraines persistantes m'inquiètent un peu. De plus, la marque du coup que vous avez reçu à la tête n'a pas encore disparu. Ce serait donc, je le répète, de la folie, et cela pourrait avoir de fâcheuses conséquences que de ne pas observer le plus grand repos. Il vous faut reprendre des forces, vous êtes encore beaucoup trop faible!

– Je ne peux quand même pas rester éternellement dans un lit! s'exclama le comte d'un ton agacé.

– Cela ne fait que quatre jours que vous êtes alité, reprit le docteur. Vous êtes libre, bien sûr, de prendre l'avis de sir Wilfred Lawson, ou d'un autre médecin de Sa Majesté... Mais, croyez-moi, si je vous demande de rester couché, c'est dans votre intérêt! Je comprends que vous vous ennuyiez, mais votre tête et votre épaule sont encore bien fragiles...

– Ce n'est pas que je souhaite partir à tout prix, expliqua le comte, mais je n'aime pas rester couché!

– Qu'à cela ne tienne! Je vous autorise à vous lever demain et à vous asseoir dans un fauteuil près de la fenêtre. Mais attention : vous restez en robe de chambre, il est interdit de s'habiller! Et dès que vous vous sentez fatigué ou que votre tête vous fait souffrir, vous retournez au lit! On est d'accord?

– Oui, j'ai compris. Et je comprends aussi le ressentiment que mes gens doivent éprouver lorsque je leur donne des ordres qu'ils n'approuvent pas!

– Alors, cela ne peut que vous être salutaire! répondit le Dr Mortimer en souriant. Mais si vous le souhaitez, je suis tout disposé, je le répète, à demander à un médecin de Londres de venir vous examiner.

– Mais non, j'ai une entière confiance en vos compétences, docteur. C'est simplement qu'il faut un temps fou pour me remettre sur pied!

– Ah! Vous êtes comme tous les jeunes gens, impatient... Et vous pensez qu'ailleurs l'herbe est plus verte, n'est-ce pas? reprit le docteur en riant.

Il fit une pause.

– A votre place, avec deux jeunes filles aussi ravissantes que mademoiselle Mariota et mademoiselle Lynne pour s'occuper de moi, je serais comblé!

Un instant, le comte eut l'air fâché, comme s'il en voulait au docteur de faire une réflexion aussi personnelle. Puis il éclata de rire.

– Entendu, Mortimer, vous avez gagné! Je vous promets de me tenir tranquille encore un jour ou deux. Mais après, avec ou sans votre permission, je me lève!

– Eh bien, qu'il en soit ainsi! Au fait, avant de vous laisser, je voulais vous remercier, monsieur le comte, pour la caisse d'excellent vin que vos gens ont placée dans ma voiture à mon arrivée.

– J'espère que vous le trouverez bon, docteur!

– Cela ne fait aucun doute.

Resté seul, le comte songea avec satisfaction que Hicks avait également mis, à l'insu de Mariota, plusieurs caisses de vin à la cave. Après le dîner, il avait invité lord Fordcombe à goûter un excellent porto que sa sœur avait apporté de chez le duc. Son hôte n'ayant pas caché qu'il le trouvait fort bon, il ne lui restait plus qu'à émettre l'idée qu'il se sentirait terriblement gêné de déguster ce vin si la famille Forde en était privée. Mariota était prête à refuser ses cadeaux, le comte le savait. Cependant, lorsqu'elle vit son père si content du vin, puis du porto et des alcools qui furent offerts par la suite, elle n'osa rien dire de peur de gâcher son plaisir.

Elle avait d'ailleurs le sentiment que quoi qu'elle dise, le comte arriverait toujours à ses fins. Aussi, elle accepta les victuailles que lady Coddington amenait et que Hicks s'empressait d'apporter à la cuisine, préférant se cacher à elle-même la générosité de son malade.

Désormais, Hicks avait ordre, après avoir servi son maître, de faire le service auprès de la famille Forde. Mariota savait que son père était ravi d'avoir un laquais présentant les plats et servant le vin à la place de ses filles, ce qui leur permettait de rester à table sans avoir à interrompre sans cesse le repas.

Lord Fordcombe passait aussi beaucoup moins de temps enfermé dans son bureau, car désormais il avait de la compagnie : il y avait son hôte et lady Coddington avec qui bavarder. Mariota était convaincue que son père attendait avec une réelle impatience chaque visite de lady Coddington. Peut-être parce que cette dernière montrait un vif intérêt pour leur demeure, et aussi pour l'histoire de la famille Forde qu'il écrivait...

Aussi, c'est avec un certain malaise que la jeune fille revoyait, cachée au fond d'un tiroir dans la chambre de Jeremy, la jolie petite bourse noire que son frère avait volée. Ce n'était qu'en recevant le comte et sa sœur le plus courtoisement possible, en faisant tout pour qu'ils se sentent chez eux, qu'elle pourrait se racheter à ses propres yeux et atténuer un peu de ce sentiment de culpabilité qui lui pesait tant.

Le dîner fini, Lynne se précipita dans l'escalier. Comprenant qu'elle allait voir le comte, Mariota l'accompagna.

– Ne va pas le fatiguer trop longtemps avec tes bavardages! dit-elle. Il avait mal à la tête aujourd'hui, et le Dr Mortimer a prescrit du repos et du sommeil, autant que possible.

– Tu me l'as déjà dit, répondit Lynne. Ne sois donc pas si égoïste, Mariota. Tu ne cherches qu'à garder ce jeune homme séduisant pour toi toute seule!

– Je ne fais rien de la sorte!

– Mais si, c'est vrai! reprit Lynne. Tu te conduis comme une vieille oie avec son petit! N'aie crainte, je ne vais pas te le prendre, ton comte! Je veux simplement bavarder avec lui!

Elle venait à peine de prononcer ces mots quand elle vit le visage bouleversé de sa sœur.

– Excuse-moi, Mariota, s'empressa-t-elle d'ajouter. C'était pour te taquiner, ce que je disais. Et si tu veux savoir, en réalité, je suis persuadée que le comte est amoureux de toi!

– Que veux-tu dire? interrogea Mariota d'une drôle de voix.

– Oh! Je le vois à plein de détails, des choses qu'il dit, et ma chérie, s'il te demande bel et bien en mariage, pense comme ce serait magnifique pour nous tous!

– Tu dis n'importe quoi! répondit Mariota. Comment peux-tu imaginer un seul instant que le comte, un homme si important, si considéré, pose les yeux sur moi?

Elle eut un petit rire pitoyable.

– Ne vois-tu donc pas l'allure que j'ai, comparée à lady Coddington, dans cette robe vieille de trois ans et qui m'est trop petite? Je l'ai tellement lavée qu'on ne sait même plus quelle est sa couleur initiale!

Elles étaient arrivées à l'étage.

– Oui, je sais, Mariota, mais tu es belle. Et c'est l'avis de père aussi.

– Comment le sais-tu?

– Je lui ai demandé un jour s'il me trouvait jolie. « Très jolie, m'a-t-il répondu, et je suis bon juge! Quant à Mariota, elle a la beauté de votre mère. Elle est merveilleuse! »

Mariota regarda sa sœur, tout étonnée.

– Vraiment, père a dit cela?

– Oui, je te le jure! Aussi, Mariota chérie, fais un petit effort pour que le comte te trouve belle, lui aussi! Ou alors, c'est moi qui essaierai de le séduire et de l'épouser!

Sur cette dernière pique, les yeux brillants d'excitation, Lynne partit en courant et se glissa vivement dans la chambre du malade. Mariota ne chercha pas à la rattraper. Elle resta immobile, dans le couloir, prenant soudainement conscience du rôle que jouait le comte dans sa vie.

4

– Dire, annonça Lynne en se servant une autre tranche de jambon avec des pêches, que lorsque le comte nous quittera, nous reprendrons notre régime de lapin!

Tous deux absorbés par leurs pensées, son père et sa sœur ne répondirent rien.

– Que la vie va être ennuyeuse! continua-t-elle. Moi, dès que je serai en âge de me marier, je chercherai un jeune homme comme le comte!

– En attendant, intervint Mariota d'une voix où perçait un peu d'agacement, dépêche-toi de finir ton petit déjeuner! Tu vas faire attendre la voiture. Tu sais bien que Mr Fellows n'aime pas que l'on soit en retard!

– Au Manoir, ils n'ont pas un seul cheval qui vaille celui du comte! reprit Lynne. J'ai d'ailleurs demandé à notre hôte la permission de monter l'un de ses chevaux, et il m'a promis de m'en faire venir un pour ce week-end.

– Lynne! s'exclama Mariota. Je t'ai déjà dit de ne demander au comte ni cadeaux ni faveurs!

– Mais il ne fait que me « prêter » un cheval! On ne peut appeler ça un cadeau!

– En aucun cas nous ne devons abuser de sa gentillesse. Je ne le veux pas!

– Si tu veux mon avis, c'est plutôt lui qui abuse de notre hospitalité! Et d'ailleurs, si quelqu'un mérite un cadeau, c'est bien père! Après tout, c'est chez lui que se trouve le comte, et son séjour ici crée suffisamment de problèmes comme cela!

Lynne parlait sur un ton plein de défi, mais elle était si jolie que l'on ne pouvait pas vraiment se fâcher. Une fois de plus, Mariota pensa que la présence du comte au château troublait leur vie tranquille, ce que finalement Lynne semblait mal supporter.

Comme s'il comprenait tout à coup de quoi parlaient ses filles, lord Fordcombe sortit de sa rêverie.

– Et comment se porte le comte, ce matin? demanda-t-il. J'étais un peu inquiet à son sujet hier.

– Oui, il souffrait d'une violente migraine, père, répondit Mariota. Malgré l'interdiction du docteur, il a voulu se lever, et il est resté dans un fauteuil près de la fenêtre. Mais au bout d'une heure, il a fallu qu'il se recouche.

– Parfait! s'exclama Lynne. Cela veut dire qu'il reste encore quelques jours chez nous! J'ai entendu le Dr Dawson dire que lorsqu'on souffrait d'une grave commotion, il fallait beaucoup de repos, autrement, cela pouvait être fatal!

Elle disait vrai. Et Mariota se sentit heureuse, elle aussi, bien qu'elle eût un peu honte de se l'avouer, que le comte ne soit pas encore assez bien remis pour quitter le château aussi vite qu'il le désirait.

– Le docteur va passer, dit-elle. Il commence ses visites par ici.

Lord Fordcombe jeta un rapide coup d'œil à sa montre.

– Je n'ai pas le temps de l'attendre, Mariota. Tu le sais, j'ai du travail. S'il désire me voir, dis-lui qu'il me retrouve dans mon bureau.

– Oui, d'accord, père.

Lynne finissait son jambon.

– Bon, je ferais mieux d'y aller, dit-elle à contrecœur. J'aurais bien mangé encore une petite pêche, mais il me semble que la voiture a dû arriver.

– Sûrement, répondit Mariota. Tu reprendras des pêches ce soir, en rentrant.

Lynne se leva de table et brusquement se jeta au cou de sa sœur.

– Pardonne-moi d'avoir été désagréable! Tu es si bonne pour nous tous! Parfois, je suis une vraie teigne!

– Je sais, répondit Mariota en souriant. Allons, dépêche-toi, ou alors Mr Fellows n'enverra plus de voiture te chercher à l'avenir! Tu seras obligée de prendre Luciole pour aller au Manoir et tu mettras des heures!

– Oh! Oh! Plutôt aller à pied! Ce serait encore plus rapide, je crois! s'écria Lynne en s'élançant hors de la pièce.

Mariota savait qu'elle attraperait au passage son chapeau dans le hall, et en couvrirait sa chevelure blonde tout en dévalant le perron.

« Vraiment, c'est une chance pour Lynne, songea-t-elle, que le père d'Elaine Fellows veuille bien qu'elle profite des leçons de sa fille. S'il fallait en plus payer pour son instruction, je ne sais pas comment nous ferions! »

Avec un certain malaise, elle se rendait compte que, dans ce cas, son père aurait eu beaucoup de mal à laisser son livre pour faire le maître d'école, et cette tâche supplémentaire lui aurait incombé. Son père... Il consacrait beaucoup de temps à lady Coddington. Non sans mélancolie, elle remarqua que depuis l'arrivée du comte, pas une seule fois, il ne lui avait demandé son avis sur son travail, comme il le faisait à l'ordinaire. Il ne lui avait pas même lu ce qu'il avait écrit... Assurément, quand le comte serait tout à fait remis et quitterait le château, la vie reprendrait son cours normal, et son père aurait de nouveau besoin d'elle. Pourtant, rien ne serait vraiment comme avant! Elle débarrassa la table du petit déjeuner, puis, laissant la vaisselle à Mrs Brindle, alla au salon qu'elle entreprit d'épousseter. Il fallait aussi changer les fleurs qui commençaient à faner, et malgré tout le travail qui l'attendait, elle irait en cueillir de nouvelles au jardin.

– J'ai horreur d'une maison sans fleurs! avait dit un jour sa mère. C'est comme une maison vide! Pour moi, les fleurs, c'est la vie!

– C'est vrai, mère, avait répondu Mariota. Nous offrons des fleurs aux gens quand ils sont heureux, quand ils se marient, et c'est pour se souvenir d'eux que nous fleurissons leurs tombes!

– Il y a beaucoup trop de fleurs aux enterrements, avait repris lady Fordcombe. J'ai toujours pensé que c'est lorsque les gens sont en vie que l'on doit leur en offrir, témoignant ainsi de l'affection qu'on leur porte. Quand ils sont morts, ils ont bien assez de fleurs au paradis!

– Voilà une idée charmante, avait dit Mariota en riant. Mais que penserait le village si nous ne mettions pas de fleurs aux enterrements?

Aujourd'hui, il lui fallait en cueillir pour le salon et la chambre du comte. Ce dernier ne pourrait peut-être pas sortir dans le jardin avant quelques jours. Cela lui apporterait un peu de réconfort! Aussi décida-t-elle de faire plusieurs bouquets dont le parfum délicat embaumerait la chambre, la rendant plus gaie et attrayante.

Tout à coup, il lui vint à l'idée que de magnifiques bouquets de fleurs cultivées en serre, peut-être des orchidées, des œillets malmaison – on en voyait, disait sa mère, dans toutes les grandes maisons de Londres – décoraient sans doute sa demeure et celle du duc. Le comte ne resterait-il pas froid, indifférent à ses fleurs à elle, qui poussaient un peu au hasard dans un jardin à demi sauvage?

« J'imagine que c'est le même effet que Lynne et moi devons lui faire : deux jeunes filles de la campagne, bien mignonnes, mais des mauvaises herbes comparées aux beautés raffinées qu'il a l'habitude de rencontrer dans les salons de Londres! » C'était là une pensée fort douloureuse. Il fallait le voir tout de suite et qu'il la détrompe!

Aussi courut-elle au jardin pour cueillir chaque fleur épanouie, et remplir le panier que sa mère utilisait toujours pour jardiner. Elle les disposa ensuite dans plusieurs vases, et satisfaite du résultat, monta chez le comte.

Hicks la fit entrer.

– Comment va Monsieur? Puis-je apporter ces fleurs? demanda-t-elle en montrant les deux bouquets préparés avec soin.

– M. le comte sera ravi de vous voir, mademoiselle! assura Hicks.

Néanmoins, Mariota eut l'impression qu'il la mettait en garde : son maître ne devait pas être de bonne humeur!

Il était assis dans son lit, plus beau que jamais. Sa blessure au front commençait à disparaître, passant du noir au bleu et au jaune. Une ligne dure cependant s'était formée autour de ses lèvres contractées et ses yeux bleus lançaient des éclairs. A sa grande surprise, quand il la vit entrer, son regard s'adoucit et il sourit. C'était comme un rayon de soleil après l'orage.

– Bonjour, monsieur!

– Bonjour, Mariota. Je vois que vous m'apportez de bien belles fleurs. Que c'est gentil!

– Si Mahomet ne vient pas à la montagne, la montagne vient à Mahomet... Je sais que vous ne pouvez pas descendre au jardin aujourd'hui!

– Je fulmine! lança-t-il en riant.

– C'est bien ce que je craignais. Mais le Dr Dawson sera ravi de voir que c'est lui qui avait raison!

– Je ne supporte plus d'être malade!

– « Il faut se hâter lentement », disent toujours les vieux du village. C'est ce que vous devez faire.

– Vous me faites la morale, maintenant?

– Mais bien sûr! Comment ne pas profiter d'une telle occasion? J'ai l'impression, monsieur le comte, que vous avez un peu trop l'habitude d'avoir raison et que jamais personne ne vous contredit!

Mariota souriait malicieusement.

– Bien. Voilà une leçon fort salutaire dont je saurai me souvenir. A l'avenir, il faudra me montrer moins sûr de moi!

– J'espère bien que non! s'exclama-t-elle, ajoutant comme le comte, surpris, fronçait les sourcils :

– Quand on a des responsabilités, il faut être sûr de soi, avoir de l'autorité pour que les autres suivent!

– Vous pensez que les gens me suivent?

– J'en suis certaine.

A son ton plein de conviction, il la regarda un moment avant de demander :

– Aurais-je joué un rôle dans vos contes de fées?

Surprise par cette question, la jeune fille rougit, et le comte songea combien elle était ravissante.

Il y eut un silence puis il reprit :

– J'ai rêvé moi aussi, Mariota. J'ai rêvé de vous... Oh! J'aimerais tant vous voir vêtue d'une robe élégante comme dans mon rêve!

Il parlait avec douceur et Mariota se sentit un instant envoûtée. Elle se voyait dans l'une de ces robes à taille haute qui étaient à la mode cette année-là : la jupe garnie de dentelle ou de fleurs brodées s'harmonisait merveilleusement avec les manches bouffantes et le buste tout travaillé. Elle se tenait au courant des dernières nouveautés en matière d'habillement grâce à Lynne qui empruntait à Mrs Fellows le *Ladies Journal* et d'autres magazines de mode. Les deux sœurs découvraient ainsi les ravissantes toilettes que portaient les jeunes filles de leur qualité. Elles n'avaient certes pas la moindre chance de jamais en posséder un jour.

Mais cela ne coûtait rien de les regarder et de rêver!

Comme s'il avait deviné ses pensées, le comte reprit :

– J'ai l'intention de remercier votre père en vous offrant des robes, à Lynne et à vous. Aussi, je vous prierai de me donner vos mesures à toutes les deux pour que je puisse envoyer la commande à Londres.

Conscient du refus qu'elle allait lui opposer, il continua d'un ton autoritaire.

– Que vous le vouliez ou non, il en sera ainsi! ajouta-t-il.

Mariota revint tout à coup sur terre.

– Vous savez bien que nous ne pouvons accepter, répondit-elle, plus pour la forme que parce qu'elle s'offusquait réellement de ce cadeau.

– Vous dites des sottises! J'expliquerai à votre père que c'est pour le remercier de la gentillesse avec laquelle il m'a reçu pendant si longtemps, alors que je suis arrivé bien à l'improviste! Je suis certain qu'il ne refusera pas!

Avant que Mariota pût avancer une objection, il poursuivait :

– Naturellement, vous êtes libre de vous en débarrasser ensuite, de les jeter ou de les donner à une pauvresse du village!

– Une paysanne habillée en dame! s'exclama Mariota. Imaginez son allure si elle déambulait dans le village! On la mettrait au pilori car on la prendrait pour une folle!

– Quoi qu'il en soit, promettez-moi de porter les robes que je désire vous offrir, conclut le comte avec fermeté. Et pour être franc, Mariota, je ne me sens pas assez bien pour continuer à argumenter de la sorte!

– Votre tête vous fait souffrir? interrogea vivement la jeune fille, alarmée.

– C'est ce qui va m'arriver, si vous persistez à me résister!

Elle le regarda un instant, ses yeux gris étudiant attentivement le visage amaigri.

– J'ai l'impression, dit-elle, que non seulement vous faites un chantage, mais aussi que vous parvenez à vos fins d'une façon totalement déloyale, sournoise et indigne d'un gentleman!

Le comte se mit à rire.

– C'est-à-dire que je peux me passer de votre permission et faire comme je l'entends, n'est-ce pas?

– Mettons que oui... Une seule robe, ce serait déjà tellement merveilleux!

– Alors, c'est entendu! N'oubliez pas de me donner les mesures. Ma sœur les transmettra à mon secrétaire resté à Madresfield.

– Vous voyagez avec votre secrétaire?

– Je me sépare rarement de lui. Comme en ce moment je suis ici et que j'ai besoin d'un certain nombre de choses, il attend mes instructions chez le duc.

– Ne serait-il pas préférable qu'il soit auprès de vous?

– Je n'osais le proposer. Mais je me suis déjà suffisamment installé chez vous en faisant venir Hicks. Etant donné que vous refusez de nous laisser payer notre pension, ce serait un fardeau trop lourd pour votre famille de loger en plus un secrétaire et des valets. Je préfère me contenter d'un « entourage » plus restreint!

Mariota était bien embarrassée : jamais elle n'avait pensé à inviter au château le valet d'écurie qui venait tous les jours de Madresfield pour exercer le cheval de son hôte. C'est ce qu'elle aurait dû faire; pourtant, pas un seul instant, l'idée ne l'avait effleurée.

Il faut dire qu'elle ignorait tout des façons de faire des grands, elle ne savait pas qu'une personne de la richesse et de l'importance du comte ne se déplaçait jamais sans ses gens.

– Excusez-moi, dit-elle après un silence.

– Non, c'est à vous de m'excuser, répondit le comte. Je plaisantais... Je suis très bien ici. Vraiment, tout est parfait!

– Je crains que ce ne soit pas vrai, reprit-elle d'un air malheureux. Je suis en fait très ignorante du monde et de la façon dont vos amis et vous-même vivent... Je sais que le duc mène grand train, bien sûr! Tout le monde parle des somptueuses soirées qu'il donne à Madresfield!

Un peu de mélancolie perçait dans sa voix et le comte le remarqua.

– Dès que je serai complètement remis, je donnerai une soirée en votre honneur, mais pas à Madresfield.

– Oh, non! En aucun cas à Madresfield! renchérit-elle.

– Et pourquoi pas?

– L'invitation viendrait du duc en personne que mon père ne me laisserait pas y aller! Nous ne pourrions jamais la rendre! Mais, vous, pourquoi ne pas donner cette réception à Madresfield?

Elle croyait qu'il aurait une explication simple. Or, à sa grande surprise, il détourna les yeux et se rembrunit. Il était clair qu'il n'avait pas la moindre intention de lui répondre car il demanda :

– Les journaux sont arrivés? J'aimerais que vous me lisiez le compte rendu des débats du Parlement. Après ma migraine d'hier, je crois qu'il est plus sage de ne pas lire moi-même pour ne pas fatiguer mes yeux.

– Mais oui, bien sûr, répondit Mariota avec chaleur.

Parmi les agréables nouveautés que procurait le séjour du comte, il y avait les journaux et les revues de sport que Hicks avait commandés pour son maître et qui arrivaient tous les jours au château. Le

Dr Dawson ayant interdit à son patient de lire lorsque celui-ci souffrait de la tête, c'était Mariota qui lui faisait la lecture chaque fois qu'il le désirait. Lorsqu'il s'endormait, elle continuait de lire en silence, trouvant dans les articles les réponses à nombre de choses qu'elle désirait connaître. Outre la fascination de découvrir ce qui se passait dans le monde, hors de l'univers restreint du « Gué de la Reine », elle avait une réelle soif d'apprendre.

Lynne, qui trouvait les revues de sport bien ennuyeuses, avait demandé à Hicks, à l'insu de Mariota, de commander également quelques revues de mode. En découvrant la supercherie de sa sœur, Mariota s'était tout d'abord mise en colère. Mais le comte avait l'habitude d'acheter des magazines de mode, expliqua Hicks, pour distraire ses invitées lorsqu'il séjournait dans sa maison de campagne. Et elle n'avait pas osé les renvoyer, comme Lynne le redoutait tant. Il est vrai qu'elle n'aurait pu se permettre de dépenser les précieuses pièces d'or de Jeremy pour quelque chose d'aussi frivole!

« Quand le comte partira, nous aurons bien besoin de cet argent pour manger! » songea-t-elle.

Vraiment, il était inutile que sa sœur le lui rappelle! La vie serait bien difficile après le départ de leur hôte! Il leur faudrait retourner à leur aliment de base : le lapin!

Elle quitta la chambre pour voir si les journaux étaient arrivés. Hicks les avait posés sur une chaise dans la galerie. S'en étant emparé, elle retourna auprès du comte.

Il y avait le *Times* et le *Morning Post*, les deux journaux qu'il lisait chaque jour, et plusieurs autres gazettes « qu'il est important de lire, disait le comte, pour connaître le point de vue de l'opposition ».

– Ce sont les journaux de l'opposition? demanda Mariota en montrant le *Political Register*, le *Courier* et le *Weekly Reformer*. Tout ça à lire, voilà qui est passionnant!

– Peu de femmes s'intéressent à la politique.
– Alors, je suis l'exception! Je ne manque pas un commentaire de Mr Wilberforce! Quelle chose épouvantable de faire travailler les enfants dans les mines! Défendrez-vous les projets de loi de l'opposition devant la Chambre des lords? ajouta-t-elle en lui jetant un regard quelque peu intimidé.
– C'est ce que vous voudriez que je fasse?
– Mais... Vous voyez bien la cruauté... l'injustice de ces choses.
– L'injustice? répéta le comte qui continua avec un certain cynisme, sembla-t-il : C'est sans doute parce que vous pensez à votre cas personnel que vous trouvez injuste que certains aient de l'argent et d'autres pas!
– Ce n'est pas cela! répliqua-t-elle vivement. Je ne pensais pas à moi! Il y a beaucoup de gens encore plus mal lotis que nous, même si nous avons déjà une vie difficile!
– Je comprends bien, dit le comte, maintenant compatissant. Mais il me semble que dans votre famille, c'est vous qui héritez de tous les soucis et à qui on laisse le soin de résoudre les problèmes!
– Il le faut! Vous voyez bien qu'il le faut! reprit-elle comme si elle cherchait à s'excuser. Père est plongé du matin au soir dans son livre, c'est donc à moi de m'occuper de Lynne et de Jeremy. Je me fais du souci pour eux, pour leur avenir...
Tout en parlant, elle songea à la promesse que Jeremy lui avait faite de ne plus jamais attaquer de diligence. Mais, à son retour de Londres, que ferait-il avec ses habits neufs? N'allait-il pas s'ennuyer de nouveau? Ne serait-il pas mécontent, irrité de son sort? Il faudrait qu'elle le surveille et qu'elle l'empêche de faire de nouvelles bêtises qui risqueraient de lui attirer des ennuis.
Les yeux bleus du comte la dévisageaient.
– Et si vous me parliez de ces soucis? Je pourrais peut-être vous aider?

– Non, non... Il n'en est pas question. Votre souci à vous est de reprendre des forces. Ecouter les ennuis des autres, c'est assommant!

– Je ne les trouverai pas assommants le moins du monde! répondit-il avec un tel accent de sincérité qu'interdite, Mariota releva la tête.

Elle ne put détacher ses yeux de ceux du comte, irrésistiblement attirée par ce regard couleur de mer. Une étrange émotion étreignit son cœur... Elle s'empara vivement d'un journal et demanda :

– Que désirez-vous que je vous lise aujourd'hui?

– Cela m'est un peu égal. A vrai dire, j'aime vous écouter. Vous avez une belle voix, Mariota, douce comme une caresse... La plupart des femmes ont de petites voix dures et sèches qui contrastent avec leurs jolis minois!

– Ma mère me lisait souvent des histoires, lorsque j'étais petite... Peut-être ai-je copié ses inflexions?

– Quelle modestie, vraiment! Alors que vous êtes une jeune fille si positive et que vous avez une personnalité bien à vous!

Mariota était étonnée.

– Je n'ai jamais pensé que j'étais comme vous le dites. C'est peut-être parce que Lynne est si belle qu'il me semble toujours, quand nous sommes ensemble, que personne ne peut prêter attention à moi... Quand vous connaîtrez mon frère, vous verrez que c'est bien lui qui est le plus actif, un peu trop d'ailleurs!

– J'attends avec impatience de faire sa connaissance!... Que fait-il à Londres?

– Oh!... il est avec des amis, répondit-elle après une légère hésitation.

A peine ces mots prononcés, elle songea avec horreur que si le comte se trouvait toujours chez eux quand Jeremy reviendrait, il ne manquerait pas de remarquer les habits neufs de son frère. Connaissant la pauvreté de la famille, ne trouverait-il pas cela bien étrange? Il faudrait inventer quelque chose... dire, par exemple, que c'est un ami qui lui a procuré des habits neufs... Elle se sentait terriblement gênée et honteuse à l'idée de devoir mentir une seconde fois.

« Un mensonge conduit à un autre », avait dit sa mère.

C'était vrai. Aujourd'hui, elle le vérifiait.

– Dites-moi ce que je peux faire pour vous, insista le comte. Pourquoi ne pas avoir confiance en moi, Mariota? Vous me faites beaucoup de peine en m'excluant ainsi de vos pensées et de vos sentiments.

– Cela... n'a aucun intérêt pour vous, monsieur.

– Dites toujours, vous verrez!

– Je voudrais bien... Je ne demanderais pas mieux... Mais non, c'est impossible, soupira-t-elle.

– C'est un véritable défi que vous me lancez, reprit-il avec un léger sourire. Laissez-moi vous dire, Mariota, j'adore les défis!

On le devinait si fort que la jeune fille, désarmée, laissa échapper un cri.

– Non, je vous en prie! Ne cherchez pas à savoir ce que je veux vous taire! Laissez-moi tranquille avec mes pensées! Elles sont à moi... Vous me faites peur...

– Vous ne pouvez pas me cacher vos pensées, ni vos sentiments, vous le savez, reprit-il avec calme. C'est que nous sommes très proches l'un de l'autre, d'une façon extraordinaire! Il est rare qu'un lien aussi étroit unisse ainsi deux êtres, surtout lorsque leur rencontre n'est due qu'au plus grand des hasards, ce qui est notre cas!

Interdite par ces paroles si étranges, Mariota le regarda. De nouveau, il lui sembla que plus rien n'existait, hormis ce regard profond dans lequel elle se perdait. Puis, comme si elle avait peur de succomber à une volonté inconnue qui l'obligerait à révéler ce qu'elle voulait taire, elle dit précipitamment :

– Veuillez m'excuser... mais... je crois avoir entendu une voiture s'arrêter devant le perron... peut-être votre sœur...

Et sans plus attendre, elle sortit de la chambre en courant.

Le comte se laissa retomber sur les oreillers, le regard fixe, perdu dans une profonde rêverie.

La crainte de parler malgré elle avait fait fuir Mariota de la chambre sous le prétexte que lady Coddington arrivait. Toutefois, une voiture remontait bel et bien l'allée du château. Peut-être son instinct l'avait-il avertie?...

Elle atteignait le bas de l'escalier quand deux dames entrèrent dans le hall. C'était lady Coddington accompagnée d'une jeune fille fort élégamment vêtue qui semblait de l'âge de Mariota. Elle portait une fascinante robe rose pâle garnie de fleurs en soie; une guirlande de roses ornait son chapeau à large bord.

– Bonjour, Mariota, dit lady Coddington. Comment allez-vous, ma chère?

– Bonjour, madame, répondit Mariota en faisant une révérence. Vous serez heureuse d'apprendre que Monsieur se sent beaucoup mieux ce matin.

– Ah! Tant mieux! J'étais si inquiète après la mauvaise journée qu'il a passée hier. Mais laissez-moi vous présenter lady Elisabeth Field. Elisabeth, voici Mariota Forde qui soigne mon frère avec un dévouement tel que jamais je ne la remercierai assez!

– Lady Coddington m'a parlé de vous et de tout ce que vous avez fait, dit la fille du duc. Le comte va réellement mieux ce matin?

– Oui, bien mieux qu'hier, quoiqu'il ait encore besoin de repos.

– Il voudra certainement me voir, reprit lady Elisabeth.

– Il serait peut-être plus sage, très chère, que Mlle Forde demande s'il peut nous recevoir, intervint lady Coddington.

Mariota allait abonder dans ce sens lorsqu'elles entendirent le bruit d'une voiture.

– Voilà le docteur, s'écria-t-elle, après avoir jeté un coup d'œil à la fenêtre.

Puis elle poussa un cri de joie. Son frère se trouvait à côté du médecin. Heureuse de le retrouver enfin, plantant là ses deux visiteuses, elle s'élança hors de la maison et courut vers lui pour l'accueillir.

– J'ai rencontré votre frère juste comme il descendait de la diligence sur la grand-route, dit le docteur tandis qu'elle se jetait au cou de Jeremy.

– Enfin te voilà! Que je suis heureuse! J'ai tellement pensé à toi!

– Moi aussi, j'ai pensé à toi! Je sentais qu'il était temps que je rentre à la maison!

S'écartant de lui pour mieux le voir, elle poussa une exclamation de surprise. Mon Dieu, qu'il avait changé! Il portait une redingote à pli creux à la dernière mode, fort bien ajustée. Un pantalon couleur champagne faisait ressortir sa taille mince et ses longues jambes. Il était chaussé d'une belle paire de bottes qui brillaient au soleil. Les pointes de son col relevé montaient jusqu'au menton, et il arborait un savant nœud de cravate qu'il avait sans doute dû essayer plusieurs fois avant de le réussir parfaitement. Mariota n'en avait jamais vu d'aussi compliqué! Un haut-de-forme flambant neuf, semblable à celui que portait le comte le jour de son accident, était fièrement posé sur sa tête.

– Tu es splendide! s'écria-t-elle.

– Ma foi, je ne suis pas mécontent! répondit Jeremy, les yeux brillants de plaisir.

– Il faut que tu ailles voir père pour lui dire que tu es de retour, reprit-elle.

Se rappelant soudain que lady Coddington et son

amie l'attendaient dans le hall, elle ajouta à voix basse, sur un ton de mise en garde :

– Lady Coddington est ici. Son frère a eu un accident alors qu'ils se rendaient tous deux chez le duc, à Madresfield.

Elle vit que son frère avait saisi l'allusion. Comme le médecin montait le perron, les deux jeunes gens lui emboîtèrent le pas.

« Jeremy ne semble nullement décontenancé, et même plutôt sûr de lui », songea Mariota, tandis que le Dr Dawson saluait lady Coddington.

– Mes respects, madame.

– Bonjour, docteur. Elisabeth, voici le Dr Dawson qui soigne mon frère.

– Je suis ravie de faire votre connaissance, répondit lady Elisabeth d'une voix musicale en lui tendant la main.

A ce moment-là, ses yeux étonnés découvrirent Jeremy qui se tenait derrière le médecin.

– Lady Coddington, puis-je vous présenter mon frère Jeremy qui arrive de Londres à l'instant? s'empressa de dire Mariota qui se sentait quelque peu nerveuse.

– Quelle surprise pour lui de trouver sa maison envahie d'étrangers! objecta celle-ci.

– Le Dr Dawson m'a parlé de son malade, assura Jeremy.

– Laissez-moi donc vous présenter à une jeune personne qui, elle, vient ici pour la première fois, reprit lady Coddington. Jeremy Forde, lady Elisabeth Field.

– J'ai déjà eu le plaisir de vous voir, mademoiselle, lors d'une chasse, dit Jeremy. Vous êtes une cavalière remarquable!

– Je suis sûre de ne vous avoir jamais rencontré, ou alors je m'en souviendrais! répondit lady Elisabeth.

– Je ne chassais pas moi-même. Nos vieux chevaux sont tout juste capables de monter et descendre l'allée du château. Non, j'étais à pied ce jour-là, et je vous ai observée avec beaucoup d'envie et d'admiration.

– Vous me flattez! reprit la jeune fille en riant. Quel dommage que nous ne puissions chasser en ce moment! Vous auriez certainement pu emprunter l'un des superbes chevaux du comte qui, pour l'instant, est « hors de combat »!

– J'en aurais été ravi!

Mariota se tourna vers lady Coddington.

– Allons demander au comte s'il se sent suffisamment bien pour recevoir une visite supplémentaire, voulez-vous?

– Oui, allons-y. Mr Forde tiendra compagnie à lady Elisabeth en attendant le verdict, n'est-ce pas?

– Avec le plus grand plaisir! dit celui-ci.

Mariota sourit légèrement : Londres avait sans aucun doute amélioré les manières de son frère.

Lady Coddington, fort séduisante dans l'une de ses robes d'un mauve délicat, montait lentement le grand escalier.

– C'est lady Elisabeth qui a insisté pour m'accompagner, confia-t-elle à Mariota lorsqu'elles ne furent plus à portée de voix des deux jeunes gens. Mais il va de soi que si le docteur juge mon frère encore trop fatigué pour la voir, elle comprendra.

– Je suis sûr que M. le comte sera heureux de sa visite, répondit Mariota.

En effet, quel homme ne serait-il pas séduit par lady Elisabeth, une personne aussi charmante et d'une telle élégance que c'était un ravissement pour les yeux? En fait, elle était plus jolie que belle, et deux fossettes se dessinaient aux coins de sa bouche lorsqu'elle souriait.

Arrivée sur le palier, Mariota jeta un coup d'œil en bas : Jeremy conduisait la jeune fille au salon. Elle était rassurée maintenant : lady Coddington n'avait absolument pas reconnu Jeremy. Elle avait cru que son cœur allait cesser de battre lorsqu'ils s'étaient serré la main. La gorge nouée, elle avait attendu... Quelle catastrophe si, en voyant Jeremy, lady Coddington s'était écriée : « Mais c'est le bandit qui m'a attaquée! » Pourtant, non... Son doux visage était resté impassible. Mariota pouvait enfin respirer! C'était comme si elle eût marché sur une corde raide et que, par miracle, elle eût réussi à ne pas tomber dans le vide...

Elles entendirent à travers la porte de la chambre le docteur parler avec le comte, et attendirent dans le couloir qu'il finisse sa visite. Le regard de lady Coddington se posa sur la fenêtre à losanges au fond du vestibule. Le soleil entrait, dessinant sur le tapis usé des motifs d'or.

– Cette maison est une véritable merveille! s'exclama-t-elle comme se parlant à elle-même. L'imaginez-vous à l'époque où elle a été construite? Comme elle devait être belle, alors! Et plus tard, à la Restauration, m'a raconté votre père, lorsque toute la décoration a été refaite et le mobilier changé pour accueillir le roi en personne!

– J'aimerais tant la voir ainsi! répondit Mariota. Mais jamais elle ne retrouvera sa splendeur!

– Vous avez sans doute raison, soupira lady Coddington. Que c'est donc triste de penser à toutes ces belles pièces condamnées où pénètre la pluie!

Elle semblait prendre tant à cœur la ruine de leur maison que Mariota ne put s'empêcher de dire :

– Il est vrai que père est terriblement triste de voir cette demeure, qui fait partie de l'histoire de notre pays, s'écrouler sous ses yeux. Mais vous êtes si compréhensive, si bienveillante à son égard qu'il est beaucoup plus heureux depuis que vous venez le voir!

– Je vous remercie de ces paroles! Votre père m'a accordé beaucoup de son temps si précieux. Je ne voudrais pas m'imposer et abuser de sa gentillesse.

– Je vous en prie! Vous n'avez rien à vous reprocher! Les visites lui font le plus grand bien! Cela l'oblige à sortir un peu de lui-même! Aussi, lady Coddington, tant que votre frère reste chez nous, si vous le voulez bien, passez le plus de temps possible avec mon père!

La visiteuse sourit et posa sa main sur l'épaule de la jeune fille.

– Merci, ma chère. Ce que vous me dites là me touche beaucoup. J'espère de tout cœur que le livre de votre père aura un immense succès.

– Oh! Pour ma part, je n'y crois guère, mais il ne faut surtout pas le lui dire!

– Bien sûr que non! Cela ne serait pas gentil!

A ce moment-là, le médecin sortit de la chambre. Comme les deux femmes l'interrogeaient du regard, il referma doucement la porte derrière lui.

– Un malade bien repentant! dit-il avec un léger sourire. A ma grande surprise, M. le comte a bien voulu reconnaître que se lever comme hier avait été une erreur. Il ne doit plus le faire. Qu'il se repose, aujourd'hui! Il m'a promis de faire une sieste après le déjeuner. C'est à vous, mademoiselle Mariota, de veiller à ce qu'il obéisse à mes instructions.

– J'y veillerai, bien sûr! répondit celle-ci. Mais, comme il me l'a déjà dit, il arrive toujours à ses fins!

Lady Coddington eut un petit rire.

– C'est vrai! J'ai bien peur qu'il n'ait toujours été un enfant gâté. Il est beaucoup plus facile en général de lui céder que d'essayer de le convaincre : c'est une cause perdue à l'avance!

– Je veux bien le croire, dit le docteur. Je vous prierai donc, madame, de ne rester que quelques minutes auprès de lui. Quand vous reviendrez demain, je pense qu'il sera pratiquement remis.

– Naturellement, je ferai tout ce que vous voudrez! Et merci de le rendre un peu plus raisonnable!

Elle fit un sourire au docteur et à Mariota, puis

entra dans la chambre. Mariota raccompagna le médecin.

– J'espère que lady Elisabeth ne m'en voudra pas trop, dit le Dr Dawson, mais parler trop longtemps fatiguerait mon patient, même s'il s'agit d'une jeune fille aussi charmante!

– Vous la connaissez? interrogea Mariota avec curiosité.

– Pas vraiment, car je ne suis pas le médecin attitré de Sa Grâce. Mais j'ai eu l'occasion de la rencontrer et de l'admirer. Cela semble bien inutile pour une aussi ravissante personne d'être aussi riche!

Cette dernière réflexion surprit Mariota. En effet, le duc de Madresfield était très riche, mais c'étaient ses deux fils qui hériteraient de la majeure partie de sa fortune, et non sa fille.

– Je vois que vous ne lisez pas les journaux du comté! reprit le docteur en voyant son air intrigué. Il y a deux ans environ, le *Worcester Journal* étalait en gros titres que lady Elisabeth héritait une immense fortune de sa marraine, une riche Américaine.

– Père n'achète jamais les journaux locaux.

– Vous imaginez aisément le bruit que cette nouvelle a fait par ici! Lady Elisabeth est tout bonnement millionnaire!

– Quelle chance! s'exclama Mariota.

Si sa marraine à elle lui avait laissé un peu d'argent! Elle aurait pu faire réparer la maison, acheter des chevaux pour Jeremy et envoyer Lynne à Londres. Elle se souvint alors de sa conversation avec le comte et des trois vœux qu'elle avait formulés : c'étaient ceux-là mêmes qu'elle venait d'évoquer.

– Quand ma marraine est morte, dit-elle à voix haute, elle m'a laissé un livre de messe et une image représentant la fuite en Egypte de la Sainte Famille. Je les ai toujours gardés.

Le docteur eut un de ses petits rires amusés.

– Une pieuse pensée, mais qui ne vaut pas un héritage de plusieurs millions!

– En effet, acquiesça Mariota. Si un jour j'ai des enfants, j'aurai soin de leur choisir une marraine riche qui ne les oubliera pas dans son testament.

– Voilà une bonne idée! Mais vous verrez que dans la vie, le plus souvent, l'argent appelle l'argent et que le pauvre se débrouille pour rester pauvre!

Le docteur éclata de rire comme à une bonne plaisanterie et monta dans son cabriolet.

Tout le temps de sa visite, un valet avait tenu les rênes du cheval, ce qui semblait bien inutile à Mariota : c'était un vieux cheval qui, si on l'avait laissé aller à sa guise, se serait à peine éloigné de quelques pas.

– Et merci encore d'avoir déposé Jeremy! cria-t-elle tandis que la voiture s'ébranlait.

– Il aurait été dommage de salir ses belles bottes neuves! répondit le docteur. Il semble avoir fait beaucoup d'achats à Londres! Son sac était bien lourd!

A son arrivée, Jeremy avait laissé son fourre-tout au bas du perron. Mariota voulut le prendre mais, en effet, il était bien trop lourd pour elle. A ce moment-là, apparut un domestique du comte.

– Laissez-moi faire, mam'selle! Où voulez-vous que je le porte?

– Merci, c'est gentil! Pourriez-vous le monter dans la chambre de mon frère, en face de celle du comte?

– Tout d'suite, mam'selle!

Il s'éloigna, portant le lourd bagage avec autant de désinvolture que s'il ne pesait rien. Si un jour ses vœux se réalisaient, elle aurait plusieurs domestiques, et certainement un valet chargé des bagages!

Elle entra dans le hall et se tint un instant immobile, écoutant Jeremy quelque part plus loin, qui faisait visiter la maison à lady Elisabeth, sûrement avec beaucoup de fierté. Que pouvait penser lady Elisabeth, elle qui était si riche? Promenait-elle un regard méprisant sur ces murs et ces plafonds tachés d'humidité, dans ces pièces où tapis, meubles et tentures étaient vieux et élimés? Cette amertume qu'elle éprouvait soudain, n'était-ce pas précisément ce qu'elle craignait que Lynne et Jeremy ne ressentent, lorsque le comte serait parti et que la vie au château reprendrait son cours habituel? Non, il ne fallait pas se laisser aller!

« Ce que nous vivons en ce moment n'a rien à voir avec ce qui se passera plus tard! se dit-elle avec sévérité. Nous avons déjà de la chance, beaucoup de chance d'avoir connu des gens aussi charmants, intéressants, même si c'est pour peu de temps! Après tout, cela nous fera un nouveau sujet de conversation pour les temps à venir! »

Bien sûr, elle ne pourrait jamais oublier le comte. Désormais, il faisait partie de ses rêves, il appartenait à son monde imaginaire. Même quand il ne serait plus là, elle sentirait sa présence à ses côtés.

Livrée à ses pensées, elle monta à pas lents l'escalier. Lady Coddington venait à sa rencontre.

– Je crois que vous serez contente de moi, Mariota. J'ai suivi les ordres et je suis très peu restée auprès d'Alvic. Mon frère désire que vous lui fassiez la lecture maintenant. Je me suis proposée, pour ne pas vous déranger, mais il a décrété qu'il préférait votre voix à la mienne!

– Je suis sûre que c'est faux! protesta Mariota.

– Je suis sûre que c'est vrai! répondit lady Coddington en souriant. Comme tous les frères, Alvic ne mâche pas ses mots quand il le veut!

– Comme Jeremy!

Elles échangèrent un sourire.

– Je vais voir votre père, reprit lady Coddington, ensuite, je rentrerai avec Elisabeth.

– Elle sera terriblement déçue de ne pas voir le comte.

– Ce n'est que remis à demain! De plus, je pense que mon frère sera bientôt suffisamment rétabli pour rentrer à Madresfield.

A ces paroles, Mariota sentit comme une main glacée lui broyer le cœur. Elle pensa au faste et à la magnificence de Madresfield que le comte allait retrouver, à ces gens qui l'entouraient et signifiaient tant pour lui.

Une fois parti, il les oublierait!

Alors, brusquement, elle se rendit compte qu'il fallait le voir, ne pas perdre une seconde de ces derniers instants qu'elle pouvait passer auprès de lui...

Presque malgré elle, elle courut jusqu'à la chambre. Devant la porte, elle s'arrêta, le souffle coupé par sa course mais aussi par l'émotion. Ses pensées se bousculaient dans sa tête.

– C'est du repos que le docteur m'a prescrit! s'écria le comte dès qu'elle entra. Je ne comprends pas pourquoi vous laissez tous ces gens m'importuner de la sorte! Vous savez très bien que cela n'est bon qu'à me donner mal à la tête!

Mariota s'approcha du lit, comprenant que c'était contre elle que le comte était en colère.

– Je suis désolée, mais je pensais que vous désiriez voir votre sœur, et peut-être lady Elisabeth.

– Je ne désire voir personne! s'exclama-t-il, hors de lui. Veuillez me lire l'éditorial du *Times*, puis le compte rendu des débats du Parlement.

Il se renversa sur les oreillers et ferma les yeux.

Mariota ne dit rien et se contenta d'obéir, tout en ayant le sentiment qu'elle n'avait rien fait en vérité pour mériter de tels reproches. Elle ne lisait que depuis quelques minutes lorsqu'elle sentit le regard du comte posé sur elle.

Durant tout le repas, Jeremy ne cessa de parler, faisant le récit de ce qui lui était arrivé à Londres. Mariota et son père l'écoutaient, attentifs. Il avait tellement de choses à raconter! Cela avait été une semaine fort divertissante.

– J'ai eu la chance de rencontrer chez le tailleur deux amis; Maynard, vous devez vous en souvenir, père, non? Il habitait à une dizaine de kilomètres d'ici quand nous étions petits. L'autre était venu pour la chasse chez les Fellows l'année dernière. Nous l'avions invité à dîner, vous vous rappelez?

– En tout cas, je m'en souviens très bien, moi! répondit Mariota.

En effet, elle se souvenait du mal qu'elle s'était donné pour organiser un repas à la convenance de Jeremy. Cela avait bien sûr coûté plus d'argent qu'ils ne pouvaient se permettre de dépenser, mais avait exigé aussi un terrible effort d'imagination! Toutefois, le repas avait été très réussi, et le vieux Jacob, qui avait bien voulu revêtir la livrée à boutons d'argent que l'on réservait pour les grandes occasions, avait fait le service avec autant de dignité que de lenteur.

– Mes amis ont été ravis de me retrouver, racontait Jeremy. Ils m'ont conseillé dans le choix de mes vêtements, m'ont invité à leur club et m'ont sorti tout le temps que je suis resté à Londres!

– C'est formidable! s'exclama Mariota, pensant que si les choses s'étaient réellement passées ainsi, son frère n'avait pas eu à dépenser trop de son précieux argent.

– C'est vrai! J'ai très peu dépensé en fait, si ce n'est pour mes vêtements, répondit Jeremy comme s'il devinait ses calculs.

– En effet, tu m'as l'air bien élégant! observa lord Fordcombe qui n'avait pas encore prêté attention aux vêtements neufs de son fils. Mais pourquoi te fallait-il brusquement de nouveaux habits?

– Tout simplement, je ne rentrais plus dans les miens. Il me fallait emprunter les vôtres, ou alors me promener nu!

– Eh bien, je suis heureux que tu en aies acheté des neufs! reprit son père. Raconte-moi un peu ce que tu as vu à Londres.

Mariota soupira de soulagement. Son père n'avait pas pensé à demander à Jeremy où il s'était procuré l'argent pour renouveler sa garde-robe. Jeremy ne se fit pas prier et énuméra tous les divertissements auxquels il avait assisté, se lançant dans une longue description des théâtres où ses amis l'avaient amené, et des bals où ils allaient ensuite finir la soirée.

Le moment de gêne avait disparu.

Jeremy s'était beaucoup amusé et avait bien employé ces quelques jours passés loin de la maison.

« Dans combien de temps éprouvera-t-il de nouveau le besoin de retourner à Londres? » songea Mariota.

Lord Fordcombe regagna son bureau.

– Lady Elisabeth est tout à fait charmante, dit alors Jeremy. J'aimerais beaucoup la revoir.

– Ce serait perdre ton temps, répondit sa sœur.

– Que veux-tu dire?

– J'ai appris par le Dr Dawson qu'elle avait hérité d'une immense fortune laissée par sa marraine, une Américaine. Si tu cherchais à la revoir, le duc ne manquerait pas de te prendre pour un coureur de dot! Il t'enverrait promener!

– Mais je ne pensais pas à l'épouser! J'ai simplement dit que je la trouvais jolie. Je l'aurais volontiers invitée à déjeuner, mais je n'ai pas osé. De toute façon, elle revient cet après-midi en promenade, accompagnée de son domestique. Je me demande... Crois-tu que je pourrais emprunter le cheval du comte pour me promener avec elle?

Comme Mariota le regardait, stupéfaite, il ajouta, les yeux pétillants de malice :

– J'ai déjà eu l'occasion de le monter, d'ailleurs, et de l'apprécier!

– Tu ne le prendrais pas sans sa permission, n'est-ce pas? Je ne veux pas ennuyer le comte avec ça!

– Et pourquoi pas?

Ne sachant que répondre, Mariota dit que le comte avait déjà promis à Lynne de lui prêter un cheval pour qu'elle puisse monter samedi, jour où elle n'avait pas de cours; un valet d'écurie l'accompagnerait.

– Si Lynne monte à cheval, je ne vois pas pourquoi je m'en priverais, moi!

– Non, je t'en prie, Jeremy! Tu ne peux pas faire ça!

– Etant donné que le comte profite de « mes » écuries en définitive, je ne pense pas qu'il puisse beaucoup m'en vouloir de monter son cheval!

Là-dessus, il sortit de la pièce. Mariota savait qu'il était fermement décidé à n'en faire qu'à sa tête. Quoi qu'elle dise, il ne changerait pas d'avis! Une fois de plus, ils abusaient de la gentillesse de leur hôte, et cela la mettait fort mal à l'aise. Lorsque dans l'après-midi, vers les 4 heures, elle monta le thé à son patient, elle n'osa pas lui demander la permission pour Jeremy d'emprunter son cheval. Le comte avait suivi les conseils du docteur et dormi deux bonnes heures après le déjeuner. Elle ne voulait pas risquer de troubler son repos en le tracassant avec les caprices de son frère!

– Je me sens beaucoup mieux, dit-il en regardant le plateau qu'elle posait à côté de lui. Hum! Vous m'avez fait des « brandy snaps », ajouta-t-il en souriant. Cela fait tellement longtemps que je n'en ai pas mangé! Depuis mon enfance!

– J'espère qu'ils sont réussis!

– J'en suis certain! Vous avez toutes les qualités,

et entre autres, celle d'être une excellente cuisinière!

– J'aime beaucoup faire la cuisine, mais seulement si j'ai les ingrédients qu'il faut!

Le comte dépêcha aussitôt Hicks à Madresfield, lui ordonnant de ramener des cuisines du duc tout ce qu'il fallait pour faire ses plats préférés, notamment une crème renversée : la famille Forde n'en avait pas goûté depuis longtemps!

Mariota n'eut pas le courage de protester, et bientôt, la liste de tous les ingrédients et ustensiles de cuisine adéquats – « les outils du métier », comme elle se plaisait à dire – fut dressée. Elle apaisa sa conscience en se disant que ce n'était pas abuser de la générosité du comte que d'accepter puisqu'il s'agissait de cuisiner pour lui!

Elle était bien loin toutefois de sa première décision qui était de n'accepter aucun cadeau de sa part... N'avait-elle pas dit que leur hôte devrait se contenter de ce qu'ils avaient à offrir ou alors partir?...

Mariota servit le thé.

– C'est dommage que vous n'ayez pas pu recevoir votre visiteuse ce matin, dit-elle en prenant place dans un fauteuil au chevet du malade. Lady Elisabeth est fort jolie.

– Vous trouvez?

– Elle est très élégante.

Elle eut l'impression que le comte allait ajouter quelque chose, mais il sembla se raviser.

– Jouez-vous du piano, Mariota? demanda-t-il.

C'était la première fois qu'il posait cette question. Etonnée, elle ne répondit pas tout de suite.

– Oui, finit-elle par dire. Mère tenait à ce que Lynne et moi sachions bien en jouer. Cela me plaît énormément, lorsque j'ai le temps de m'y consacrer.

– J'aimerais vous écouter. Quand je pense à vous, je pense toujours à de la musique.

– Comme c'est étrange que vous disiez cela, car dans mes rêves et dans les histoires que je me raconte il y a toujours de la musique! La musique du vent dans les arbres, des oiseaux qui pépient à l'aube... parfois même, les vagues de la mer jouent une mélodie dont je me souviens encore à mon réveil.

– Dès que je pourrai descendre au salon, vous me jouerez ces mélodies sur votre piano.

– Si nous avions un magicien dans la maison, il commanderait au piano de venir s'installer dans la pièce voisine, et je jouerais de douces mélodies pour bercer votre sommeil.

– Votre voix a ce pouvoir. C'est pour cela que j'étais sûr que vous étiez musicienne, Mariota. Je n'oublie jamais une voix douce et harmonieuse.

Il semblait se souvenir de quelqu'un dont la voix l'avait autrefois ému. Assurément, celle d'une jolie personne! Comme elle aimerait pouvoir croire que lorsqu'il quitterait le « Gué de la Reine », sa voix à elle le hanterait de la même façon! Mais cela était impossible! Pourquoi se souviendrait-il d'elle, alors qu'il allait retrouver tant de femmes, toutes plus séduisantes les unes que les autres?

– Vous êtes triste, Mariota, dit-il tout à coup en la regardant attentivement. A quoi pensez-vous?

– A vous, dit-elle avec sincérité.

– Et que pensiez-vous?

Elle ne répondit pas tout de suite.

– Je songeais que lorsque vous serez guéri et que vous reprendrez votre vie normale, vous n'aurez plus le temps, entouré de vos amis, de vous souvenir...

La façon dont elle prononça le mot « amis » laissait clairement entendre ce qu'elle voulait dire. Le comte sourit.

– Une fois de plus, Mariota, vous êtes bien trop modeste, vous vous sous-estimez terriblement!

Il fit une pause avant d'ajouter :

– Vous le savez, vous me hanterez toute ma vie!

Elle le regarda, interdite.

– Mais je ne désire pas parler de ça maintenant, reprit-il. Je vous en prie, lisez-moi quelque chose, n'importe quoi. Je veux entendre votre voix.

Ses paroles résonnaient étrangement, et Mariota sentit une foule de questions se presser sur ses lèvres. Mais il valait mieux les taire. Assurément, quelque chose le tracassait. Craignant, bien qu'il se soit reposé, qu'il ne souffre de nouveau de la tête, elle obéit et s'empara vivement d'un journal qu'elle ouvrit au hasard.

Elle commença sa lecture sans comprendre ce qu'elle lisait. Puis elle se rendit compte qu'il s'agissait d'une soirée donnée par le Prince-Régent à Carlton House. La décoration des salles de réception, les guirlandes de lumière et les jets d'eau du parc, les invités accueillis par le Régent en personne, tout cela était minutieusement décrit. Captivée par ce récit, Mariota laissait vagabonder son imagination. Elle voyait les ladies vêtues de somptueuses toilettes, parées de joyaux étincelants, qu'escortaient des gentlemen arborant de magnifiques décorations. La musique que l'on jouait, le souper fin que l'on servait révélaient le goût et le sens de l'hospitalité du Prince. Tant de faste et de beauté la ravissait. Il lui semblait même entendre les brillantes conversations pleines de rires et d'esprit qui retentissaient dans l'air de la nuit. Ce n'est qu'une fois sa lecture finie que, prenant conscience que le comte la dévisageait, Mariota releva la tête.

– Vous auriez dû être à cette soirée! dit-elle.

– Vous aussi.

– J'aurais plutôt été comme la gardienne d'oies au palais du Prince Charmant! Non, je n'aurais pas été à ma place.

– Si je me souviens bien, reprit le comte, la

pauvre gardienne d'oies est d'une beauté étonnante, tout le monde la remarque et le Prince en tombe amoureux. C'est ce qui vous arriverait, Mariota!

Un peu intimidée, elle eut un petit rire.

– Dans mon conte de fées, oui, répondit-elle, mais dans la réalité, je me serais cachée dans un coin, ou j'aurais fui! Le Prince n'aurait probablement pas fait attention à moi!

– Dans mon conte à moi, pourtant, il vous aurait remarquée. Et en vous voyant, il aurait su que c'était vous qu'il attendait et qu'il vous avait enfin trouvée!

5

Mariota posa son livre de messe sur le guéridon du hall et défit les rubans de son chapeau qu'elle jeta sur une chaise. C'était dimanche et elle revenait enfin de l'église. Jamais le service ne lui avait paru aussi long, le sermon aussi ennuyeux! A la vérité, elle avait hâte de rentrer au château rejoindre le comte, et elle ressentait comme un obstacle tout ce qui se dressait entre elle et son désir.

La cure de l'église appartenait à son père. Ce dernier n'avait pas les moyens de faire vivre un pasteur, comme c'était la coutume. Alors, le vieux révérend Theodoceus Dowty venait du village voisin pour dire la messe une fois par semaine. Tous les villageois, jeunes et vieux, se serraient tant bien que mal dans la petite église pour assister à l'unique service du dimanche. Ils n'avaient que cette occasion pour revêtir leurs plus beaux habits et se rencontrer en dehors de leur travail. C'était là en fait le seul divertissement du village, et pour la première fois de sa vie, Mariota trouvait cela bien navrant!

Dans le chœur de l'église, assise toute seule sur le banc réservé à sa famille, surmonté du blason des Forde, elle avait prié avec ferveur pour la convalescence du comte, tout en espérant au fond de son cœur qu'il resterait encore longtemps, le plus longtemps possible au « Gué de la Reine ». Chaque jour, elle redoutait de plus en plus le moment où il ferait ses adieux, où il disparaîtrait à jamais de sa vie. Avec peine, elle chassa le comte de ses pensées. Elle pria pour sa famille.

Dans ses prières, elle demandait sans cesse que Jeremy ne devienne jamais un jeune homme blasé à force d'ennui, et qu'un jour – par quel miracle, elle se le demandait bien – Lynne débute dans le monde comme le ferait son amie Elaine, et qu'elle danse à tous les bals de Londres.

Elle ne put s'empêcher de penser que la vie était bien injuste avec eux : ils possédaient si peu d'argent et devaient compter le moindre sou! Pourtant, n'était-ce pas ingrat de se plaindre ainsi, alors qu'ils avaient eu la chance de rencontrer un homme comme le comte? En effet, qui aurait pu prévoir, à peine deux semaines plus tôt, que quelqu'un d'aussi agréable et intéressant séjournerait dans leur pauvre demeure? Depuis, leur table avait été pourvue de plats et de vins exquis grâce à cet hôte plein de prévenances. Non, vraiment, ils ne pouvaient se plaindre de leur sort! « Mon Dieu, je vous remercie! » se dit-elle.

Et pourtant, quelque part dans son cœur, elle était triste. Bientôt, le comte disparaîtrait et ce qu'ils auraient vécu alors n'aurait pas plus de réalité qu'un mirage!

La maison était silencieuse. Lynne et Jeremy n'avaient pas voulu l'accompagner à la messe. Où donc étaient-ils passés? Elle voulait leur dire qu'elle était de retour et qu'elle montait chez leur hôte. Peut-être étaient-ils au salon?

Elle ouvrit la porte et s'arrêta sur le seuil, interdite. Le comte était là, debout, le dos à la cheminée. Il était habillé et très élégant. Après une légère hésitation, laissant échapper un cri, elle s'élança vers lui.

– Mais... pourquoi ne m'avoir pas dit que vous vous lèveriez? Comment vous sentez-vous? Bien? Vous êtes sûr que cela ne vous fatigue pas trop?

A cette avalanche de questions, le comte se contenta de sourire.

– Bonjour, Mariota, dit-il. Je vous ai bien étonnée, n'est-ce pas? Je suis content de mon effet!

– Je n'en crois pas mes yeux! Moi qui pensais que vous aviez encore deux, trois jours de lit, au moins!

– Je ne veux plus être traité en poule mouillée! Et, à vrai dire, je me sens même beaucoup mieux que je pensais. Je vous attendais pour vous offrir une coupe de champagne.

– Nous fêtons votre convalescence? dit Mariota en souriant.

– Nous fêtons mon retour à la vie! Je suis un homme nouveau, et vous ne pourrez plus me persécuter comme vous l'avez fait, alors que j'étais faible et sans défense!

Elle lui lança un regard furtif, se demandant s'il parlait sérieusement. Mais non, c'était pour rire!

En souriant, elle s'approcha de la table où se trouvait le champagne dans un seau que l'on n'avait pas sorti depuis des années.

– Je vous sers? demanda-t-elle.

– Oui, s'il vous plaît.

Elle lui tendit une coupe, se sentant tout à coup intimidée en rencontrant son regard. Elle n'était plus avec un malade qu'il fallait veiller, et qui parfois, lorsqu'il souffrait, ressemblait à un enfant en quête de protection et de réconfort! Le comte leva sa coupe.

– A Mariota, à qui je dois tant, beaucoup plus que je ne peux le dire!

Il ajouta d'une voix calme, comme elle le regardait, surprise :

– Je ne connais aucune jeune femme aussi adorable que vous qui m'aurait soigné avec autant de dévouement!

Mariota se sentit rougir, touchée non tant par ce compliment que par la gravité avec laquelle il était formulé. Légèrement gênée, elle se détourna et, à son tour, se servit un peu de champagne.

– Je bois à votre santé! dit-elle, et je vous souhaite, comme dans les contes de fées, beaucoup de bonheur!

Elle s'attendait à ce qu'il rie de sa plaisanterie, mais au lieu de cela, il se rembrunit et déclara froidement :

– Voilà qui est peu probable! Mais laissons cela pour l'instant!

Comme elle l'interrogeait des yeux, il poursuivit :

– Je vous emmène en promenade, cet après-midi. Le Dr Dawson m'a recommandé de prendre l'air. Bien sûr, je ne dois pas marcher, ni monter à cheval. Aussi, un phaéton viendra nous chercher après le déjeuner.

– Quelle merveilleuse idée! Moi qui ai toujours rêvé de monter dans un beau phaéton comme doit être le vôtre!

– J'espère que vous ne serez pas déçue! dit-il un peu sèchement.

– Bien sûr que non! s'exclama-t-elle tout en s'étonnant de le voir aussi sérieux.

Peut-être était-il tracassé, ou alors, bien qu'il ne veuille pas l'admettre, se sentait-il fatigué et avait-il mal à la tête?

Elle n'eut pas le temps de l'interroger car, à ce moment-là, Lynne arriva en courant dans la pièce, toute joyeuse et essoufflée.

– C'était merveilleux, tout bonnement merveilleux! s'exclama-t-elle en se précipitant vers le comte. Merci, merci de cette magnifique promenade! C'est tellement gentil de me laisser monter ces superbes chevaux! Celui d'aujourd'hui était encore meilleur que celui d'hier!

– C'est ce que j'ai trouvé moi aussi en l'achetant, répondit-il. Je suis content que vous vous soyez bien amusée.

– C'était encore mieux que ce que je peux raconter! Puis-je avoir un peu de champagne?

– Une larme, alors! s'empressa de dire Mariota.

– N'aie crainte! Ce n'est pas un peu de champagne qui me saoulera! Je suis déjà tellement excitée!

Puis, se tournant vers le comte :

– Pourquoi ne restez-vous donc pas toujours avec nous? Comme cela, on monterait vos chevaux, on boirait votre champagne, on mangerait vos délicieux repas! Ce serait divin!

– Serait-ce là l'unique raison pour laquelle vous désirez que je reste? demanda le comte.

– Non, bien sûr que non! Pour votre compagnie aussi! C'est tellement intéressant de parler avec vous! Je comprends pourquoi les élégantes de Londres se meurent d'amour pour vous!

– Vous me flattez, vraiment! Mais permettez-moi de vous dire que je n'ai jamais connu deux jeunes filles aussi ravissantes que vous!

Lynne poussa un cri de joie. A ce moment-là, entra lord Fordcombe.

– Je vois que vous êtes debout, Buckenham! dit-il. Content d'être sur pied, n'est-ce pas?

– Je fête mon retour à la vie, et je vous invite à vous joindre à nous.

– Avec plaisir! Si mes filles ont laissé un peu de champagne pour leur père!

Mariota lui jeta un regard à la dérobée. Etait-il mécontent de leur conduite? Mais non, il souriait.

– A votre santé, Buckenham! dit-il en levant sa coupe. Je voudrais vous remercier également pour l'intérêt que vous avez montré envers notre demeure où vous êtes arrivé d'une façon bien inhabituelle!

– Oui, sur une planche, à ce qu'on m'a dit! Personnellement, je ne m'en souviens pas!

Se sentant mal à l'aise à l'évocation de cette malheureuse chute dont elle s'estimait responsable,

Mariota préféra quitter la pièce et alla voir si le déjeuner était prêt.

Le repas fut particulièrement bon et d'une gaieté inaccoutumée.

– Le phaéton nous attend, Mariota, et dès que vous êtes prête, nous pouvons y aller. Les chevaux ne seront pas mécontents de faire de l'exercice!

– Ils n'auront pas beaucoup à s'impatienter! J'en ai pour une minute! dit-elle en se levant de table.

– Mais où est donc Jeremy? demanda lord Fordcombe, remarquant tout à coup l'absence de son fils. Pourquoi n'est-il pas ici?

– Je l'ai aperçu à cheval dans le parc, tantôt, en allant à la messe, répondit Mariota. Il a dû oublier l'heure, il aura déjeuné dans une auberge...

Elle sortit rapidement. Jeremy montait l'étalon du comte, et elle préférait éviter les questions de son père.

Elle monta dans sa chambre prendre un châle au cas où la température fraîchirait dans l'après-midi et mit son chapeau. En se regardant dans la glace, elle se souvint du ravissant chapeau que portait lady Elisabeth. Jamais elle ne serait aussi élégante que la fille du duc! Un peu découragée, elle ne s'attarda pas, ne voulant pas non plus faire attendre le comte.

Elle le trouva se hissant avec précaution sur le siège du phaéton. Les deux chevaux étaient bien assortis, tout aussi remarquables que le bel étalon que Jeremy montait. S'installant à son tour dans la voiture, elle constata qu'il n'y avait pas de valet sur le siège arrière pour les accompagner. Ils étaient tous les deux seuls! Cela lui causa une joie qui l'étonna bien un peu. En fait, c'est ce qu'elle avait secrètement espéré. C'était bien excitant d'avoir le comte pour elle toute seule!

Celui-ci conduisait avec sûreté et, tandis qu'ils descendaient l'allée du château, elle ne put s'empêcher de dire :

– C'est ainsi que je vous imaginais!

– Dans l'un de vos rêves?

– Oui, mais c'est encore mieux dans la réalité!

A ces mots, le comte la regarda et sourit. Aucun homme ne pouvait être plus séduisant en vérité! Le cœur de Mariota défaillit devant tant de beauté.

– Où allons-nous? demanda-t-il.

– Il y a une promenade fort jolie que je n'ai pas faite depuis longtemps. Il faut couper à travers le parc et ces bois que vous voyez au loin. Je ne pense pas que vous ayez envie de prendre la grand-route poussiéreuse.

– Oh, non! Certainement pas!

Il prit le chemin herbeux qu'indiquait Mariota, et après avoir longé le parc, ils arrivèrent à l'entrée du bois. Un sentier le traversait pour surgir enfin de l'autre côté où s'étendait la prairie. Ils ne parlaient pas. Le comte conduisait sans relâcher son attention, et Mariota se laissait porter, tout à sa joie d'être avec lui. Jamais elle n'oublierait cette promenade, et ces instants précieux revivraient toujours dans ses rêves!

– Je voudrais voir l'endroit où je suis tombé, et la pierre qui m'a blessé, dit soudain le comte, rompant le silence.

Mariota sentit sa gorge se nouer.

– Mais... pourquoi? demanda-t-elle.

– Simple curiosité! Je ne crois pas être jamais tombé d'une façon aussi honteuse! Histoire de me rappeler que « la fierté mal placée ne résiste pas à une chute »!

Ne trouvant aucune raison valable à lui opposer pour ne pas aller sur le lieu de l'accident, Mariota lui indiqua le chemin qui rejoignait la route de Worcester dont ils n'étaient pas loin de toute façon. Ils la suivirent un moment jusqu'à l'endroit où Jeremy avait surgi au-devant de la voiture et où le comte était apparu.

– Nous y sommes... dit-elle d'une voix si faible

qu'on l'entendit à peine, tandis que le comte stoppait la calèche.

Il était bien inutile de montrer l'énorme pierre qui avait blessé le comte. Les yeux rivés sur ce morceau de rocher, Mariota repensait à ce qui s'était passé, revivant la scène avec une incroyable précision : le coup de feu, l'étalon qui se cabrait, le cavalier tombant à terre et heurtant la pierre.

– C'est très impressionnant, dit le comte. Je devrais peut-être la garder en souvenir!

– Oh non! Il vaut mieux oublier! s'écria-t-elle, se rappelant trop bien sa peur et l'effroi qui l'avait glacée lorsque l'inconnu avait sorti son pistolet pout tirer sur Jeremy. Elle craignait tant que le comte ne pose des questions sur les circonstances de sa chute!

Soudain, venant de l'endroit précis du bois où avec Jeremy elle s'était embusquée, une voix s'éleva :

– Haut les mains!

Elle tourna la tête et poussa un cri d'horreur. En une fraction de seconde, elle imagina que c'était Jeremy qui faisait le bandit de grand chemin. Un homme grand et fort avait bondi sur le talus de la route, se trouvant presque à la hauteur de leur voiture. Un foulard cachait le bas de son visage, un vieux chapeau était rabattu sur son front, et des yeux sombres les fixaient, menaçants. De ses mains sales aux ongles ébréchés, il tenait un vieux fusil, un doigt sur la détente, prêt à tirer.

– J'veux l'argent! ordonna l'homme avec rudesse derrière son masque. Sinon, j'vous envoie du plomb dans les fesses!

Instinctivement, Mariota se pencha en avant, tendant le bras de façon à protéger le comte.

– Vous ne ferez rien de la sorte! s'écria-t-elle avec colère. Cet homme est souffrant et vous ne lui ferez aucun mal!

– C'est pas mes oignons! reprit le bandit. Vous donnez l'argent, ou alors, ce s'ra vot' fête!

Le comte de son côté cherchait un moyen de les sortir de ce mauvais pas, sans pour autant céder à l'indigne chantage du bandit. C'est alors qu'à son grand étonnement il entendit Mariota s'exclamer, surprise :

– Mais je vous reconnais! Vous êtes Bert Hewings! Comment pouvez-vous faire une chose aussi misérable?

– C'est pas à vous que j'en veux, mam'selle Mariota, répondit l'homme, maussade.

Rassurée, celle-ci avait repris sa place.

– Vous perdez la tête, Bert! Vous allez vous faire arrêter et on vous pendra! Vous le savez bien!

– Autant être pendu que mourir de faim!

– Vous dites des sottises. Avez-vous pensé à votre pauvre mère? Si on vous pendait, elle en aurait le cœur brisé!

– Ça n' sert à rien, mam'selle Mariota! Il me faut d' l'argent, reprit Bert. Ça fait des jours que j'ai pas mangé. J'ai faim, c'est la vérité, dame!

– Je sais bien que ce n'est pas facile de trouver du travail par ici, dit-elle calmement. Ecoutez, voilà ce que je vais faire, Bert. Je vais écrire au châtelain et lui demander de vous trouver un travail, de vous employer comme bûcheron ou à la ferme.

– Je ferais n'importe quoi, vous le savez, mam'selle Mariota! répondit le jeune paysan avec espoir.

Il avait retiré son foulard et le comte lui trouva un air sympathique malgré son visage sale et barbu.

– Je vais faire mon possible pour vous aider, reprit Mariota. Mais comment avez-vous eu une telle idée? C'est mal!

– Y paraît que quelqu'un a attaqué une diligence la semaine dernière et qu'il a eu une petite fortune!

– Qui a dit ça? interrogea-t-elle.

– Tout le monde en parlait à « L'Homme vert ».

C'était l'auberge du village. Elle comprit qu'en cherchant le comte, ses domestiques avaient naturellement raconté ce qui s'était passé, que deux bandits avaient attaqué et volé lady Coddington.

Elle respira profondément avant de dire :

– Oubliez cette histoire, Bert! Si un bandit ne se fait pas arrêter, cela ne veut pas dire que vous ne risquez pas la pendaison ou le bagne.

– Si vous voulez un conseil, vous feriez bien de cacher ce fusil compromettant, intervint le comte pour la première fois, et de ne plus y toucher. En attendant que Mlle Mariota vous trouve le travail qu'elle vous a promis, prenez toujours ceci pour manger!

Il envoya une pièce que Bert attrapa au vol.

– Merci, m'sieur, merci! J'vais faire comme vous dites.

– N'oubliez pas, Bert! reprit Mariota, et je n'oublierai pas ma promesse non plus. J'écrirai au châtelain.

Bert toucha son chapeau et ils reprirent leur route.

Mariota songeait avec tristesse que tout était sa faute et celle de Jeremy. L'histoire de leur butin extorqué si facilement ne pouvait qu'inciter les jeunes du village qui ne trouvaient pas de travail à suivre leur exemple. Dire que si le jeune Bert s'était trouvé face à quelqu'un de plus rapide que le comte, pas tout à fait remis encore de sa chute, il aurait été tué!

Ils roulèrent en silence.

– Merci, Mariota, dit le comte au bout d'un moment. C'est pour me protéger que vous vous êtes placée devant moi, lorsque le bandit nous tenait en joue. Je reste sans voix devant votre courage.

– Ce pauvre Bert, il est un peu simple d'esprit et ne réussit rien de ce qu'il entreprend.

– Mais vous ne l'avez pas reconnu tout de suite, dit-il d'un air pénétrant.

– Non, c'est vrai, mais il était prêt à tirer... Cela, je n'aurais pas pu le supporter!

– Pourquoi?

Mariota réfléchit aux raisons de son geste. Si Bert les avait attaqués, c'était sa faute d'une certaine façon... Mais elle comprit que cela n'expliquait pas tout. C'est parce qu'elle aimait le comte qu'elle avait cherché à le protéger! C'était là quelque chose qu'elle savait depuis longtemps, en fait, depuis qu'elle l'avait vu pour la première fois, gisant à terre, évanoui! N'avait-elle pas été immédiatement conquise par sa beauté et son élégance? Puis, au fil des jours et des nuits, tandis qu'elle le veillait, le soignait et lui parlait, il avait occupé une place de plus en plus grande dans ses rêves, enfin dans son cœur! Elle l'aimait. Et l'émerveillement qu'elle ressentait à la découverte de ce sentiment l'emplissait de bonheur. Ils longèrent la prairie, puis bifurquèrent pour reprendre le chemin du bois. Bientôt, ils atteignirent le parc. Le comte arrêta la voiture à l'ombre des grands arbres et se tourna vers elle. Intimidée par son regard, bouleversée par ses propres sentiments, elle bredouilla :

– Mais... Pourquoi vous arrêtez-vous? Je crois qu'il est temps de rentrer maintenant.

– Nous allons rentrer, mais d'abord j'ai quelque chose à vous dire, Mariota.

Il parlait avec une gravité qu'elle ne lui connaissait pas. Relevant la tête, elle se sentit comme envoûtée par ses yeux qui la contemplaient.

– Vous êtes la plus belle femme que j'aie jamais connue, dit-il d'une voix profonde, et aussi la plus courageuse.

Mariota retint sa respiration. Le soleil éclatant

brillait à travers les arbres et lui faisait comme un halo d'or.

– Je vous aime, vous le savez, n'est-ce pas? dit-il calmement, et sa voix sembla vibrer jusqu'à elle.

– Vous m'aimez?

Avait-elle prononcé ces mots tout bas, ou les avait-elle simplement dits à son cœur? Il lui semblait qu'autour d'elle un brillant feu d'artifice embrasait le ciel tout entier, devenant une gigantesque étoile.

– Oui, je vous aime. Mais, mon amour, je ne peux rien.

Mariota, qui déjà tendait la main vers lui, laissa retomber son bras, attendant la suite.

– Je ne comprends pas... Que voulez-vous dire?

– C'est pour vous expliquer que je vous ai amenée ici. J'ai pensé que ce serait plus simple qu'à la maison où nous aurions pu être dérangés.

– Mais, vous avez bien dit que vous m'aimiez?

– Oui, je vous aime, dit-il âprement, comme je n'aurais jamais cru qu'il fût possible d'aimer!

– Je vous aime, moi aussi!

Alors qu'elle prononçait ces mots, elle lut une expression de douleur dans le regard du comte, si poignante, si déchirante qu'elle poussa un cri :

– Que se passe-t-il? Je vous en prie, qu'est-ce qui ne va pas? implora-t-elle.

– J'essaie de vous dire... Dieu sait que c'est la chose la plus difficile que j'aie jamais eu à faire dans ma vie!

Mariota croisa les mains sur ses genoux.

– Lorsque j'ai fait cette chute à cet endroit que nous venons de revoir, commença le comte en regardant au loin, comme s'il prononçait son propre arrêt de mort, et que l'on m'a transporté au « Gué de la Reine », je me rendais chez le duc de Madresfield pour annoncer mes fiançailles avec sa fille Elisabeth.

Mariota demeura pétrifiée. Il lui semblait qu'elle

ne pouvait plus respirer. Peu à peu, le jour se fit dans son esprit. Elle avait été bien sotte de ne pas comprendre plus tôt! N'aurait-elle pas dû deviner que si lady Elisabeth avait désiré voir le comte lorsqu'il était malade, c'était parce qu'il y avait quelque chose entre eux.

Le comte se taisait, le regard perdu dans le vague, et ne voyait, elle en était sûre, ni les arbres du parc ni les maisons du village au loin.

– Vous allez l'épouser? réussit-elle à dire au bout d'un moment.

– Telle était mon intention, cela m'avait semblé raisonnable... jusqu'à ce que je vous rencontre!

Elle frissonna légèrement tandis qu'il poursuivait :

– Comment pouvais-je savoir, comment pouvais-je deviner qu'il existait quelqu'un comme vous? Je vous ai rencontrée trop tard. J'ai décidé d'épouser Elisabeth alors que jusqu'à présent j'avais l'intention de me marier plus tard.

– Vous l'aimiez? Vous l'aimez encore? ne put s'empêcher de demander Mariota.

N'était-ce pas la seule chose qui lui importait?

– C'est vous que j'aime, que j'aime de tout mon cœur! Vous êtes tout ce que je désire, tout ce que j'attends d'une femme! Vous êtes ce que je croyais ne jamais pouvoir obtenir, ce que je croyais être des rêves fous que je chérissais il y a bien longtemps, et que j'avais abandonnés depuis pour devenir un homme cynique et quelque peu blasé!

– Mais... vous m'aimez vraiment?

– Je vous adore! J'aime votre voix, votre visage, vos grands yeux inquiets et votre caractère si différent de toutes les femmes que j'ai rencontrées!

Un soupir rauque lui échappa.

– Comment pouvez-vous être si belle, reprit-il, et cependant faire si peu cas de vous! Jamais vous ne pensez à vous, Mariota, et c'est pourquoi je veux m'occuper de vous.

– Vous pensez à moi?

– Je pense à vous à chaque instant, nuit et jour, répondit-il d'une voix rude. Je n'arrive pas à vous oublier, à vous chasser de mes pensées. Vous me hantez, Mariota. Votre voix me hante, et aussi cette émotion que nous ressentons si fort quand nous sommes ensemble!

– C'est ce que je ressens moi aussi.

– Nous sommes faits l'un pour l'autre. Quel fou suis-je donc d'avoir laissé échapper cet espoir de bonheur!

Il parlait avec une telle amertume que Mariota ne put s'empêcher de poser sa main sur son bras.

– Je vous en prie, murmura-t-elle, je ne supporte pas de vous voir souffrir.

– Oui, je souffre, répondit-il avec colère. Je souffre parce que je vous aime avec mon cœur, mon esprit, et ce que vous appelleriez sans doute l'âme – si j'en ai une! Je ne peux néanmoins perdre mon honneur. Il me faut épouser la jeune femme à qui j'ai donné ma parole de gentleman.

Instinctivement, Mariota serra plus fort le bras du comte qui, tenant les rênes d'une main, posa l'autre main sur celle de la jeune fille. Le contact de sa main nue la fit frissonner. A son regard éperdu, elle comprit qu'il était aussi bouleversé.

– Je n'ai jamais ressenti une telle émotion avec une femme, dit-il, et je sais, ma chérie, qu'aucun homme n'a eu d'importance pour vous jusqu'à présent.

– Il n'y a jamais eu d'autre homme.

– C'est pour cela que vous êtes parfaite, unique et toute à moi. Mais il faut que je vous dise tout, continua-t-il en lui prenant la main, même si mon cœur ne désire que vous parler d'amour!

– C'est la seule chose que je veux entendre, dit Mariota. Pourtant, je ne supporte pas de vous voir malheureux.

– Malheureux? Bien sûr que je le suis! Jamais je

ne serai heureux sans vous! Oh, mon Dieu! s'exclama-t-il en portant la main à son front. Pourquoi cela m'arrive-t-il maintenant? Comment aurais-je pu supporter ce déchirement de toute façon? Cependant, bien que je puisse me l'expliquer, il me semble que c'est malgré tout merveilleux de savoir que vous existez dans le même monde que moi, et que l'amour est ce que je croyais auparavant, autre chose qu'une simple illusion du cœur!

– L'amour existe, bien sûr, ce n'est pas une illusion. Vous m'avez dit de croire à l'amour... peut-être nos souhaits se sont-ils réalisés?

– Nous trouvons tous deux l'amour pour le perdre au même moment.

Que répondre à cela? C'était la vérité.

– J'étais tellement sûr, reprit le comte comme elle se taisait, de ne jamais tomber amoureux, de ne jamais connaître l'amour tel que vous le rêvez, tel que les poètes le célèbrent depuis le début des temps! J'avais décidé d'attendre encore quelques années avant de me marier, et de le faire uniquement pour avoir un fils qui porterait mon titre et hériterait des propriétés que mon père m'a léguées.

Il s'interrompit avant de reprendre :

– Ce n'est pas Eve qui m'a tenté mais le duc!

– Il voulait que vous épousiez lady Elisabeth, articula Mariota, le souffle court.

– Vous avez sans doute appris qu'elle est très riche. Son père ayant peur, on le comprend un peu, des coureurs de dot, m'a proposé l'alliance de nos deux familles; étant donné que nous avons tous deux du sang bleu et que nous sommes de riches propriétaires terriens, un tel mariage semblait parfait! Le duc y consentait de tout cœur!

– Et vous avez accepté!

– Je trouvais Elisabeth jolie et charmante, et comme le duc me l'avait fait remarquer, l'épouser offrait pour moi des avantages certains. Je ne voyais aucune raison valable pour décliner cette proposition.

– Je comprends, murmura-t-elle.

– En fait, une partie de moi-même refusait d'admettre que ce mariage ne me satisfaisait pas pleinement, qu'en réalité j'aspirais à autre chose, à un idéal que malheureusement je bannissais de mon esprit! On peut dire que je me suis vendu! finit le comte d'un ton sarcastique.

– Non, je vous en prie, ne soyez pas amer, supplia Mariota. Je veux vous voir heureux... Vous êtes si gentil, généreux... Je sais bien au fond de mon cœur que vous êtes plein de bonté et de noblesse...

– Comment pouvez-vous dire des choses pareilles quand, à moins de reprendre ma parole d'homme d'honneur, je dois épouser Elisabeth, alors que mon cœur vous appartient à jamais!

– Vous m'oublierez.

– Regardez-moi, Mariota! dit-il en se tournant vers elle, tandis que ses doigts écrasaient les siens.

Elle obéit.

– Vous m'aimez! reprit-il après l'avoir longuement observée. Je le vois à vos yeux, à votre main qui tremble dans la mienne. Pourrez-vous oublier?

– Moi, c'est différent.

– Non, ce n'est pas différent. Je ne vous oublierai jamais, comme jamais vous ne m'oublierez! Pouvez-vous imaginer quelle torture ce sera de vivre loin de vous, de ne pas savoir ce qui vous arrive, ce que vous ressentez, si vous êtes malheureuse comme moi je le serai...

– Je vous l'ai dit, il ne faut pas être malheureux.

– Comment faire sans vous? Comment supporter la vie, être heureux quand je sais que vous vous fatiguerez à entretenir une maison pour toute votre famille, alors que moi, je me ferai servir par mes domestiques? Je dois au moins faire quelque chose pour vous aider... mais vous ne voulez pas...

– Non, non, bien sûr que non, je ne peux rien accepter de vous! dit Mariota précipitamment.

La main du comte se crispa sur celle de la jeune fille, la serrant jusqu'à lui faire mal.

– Vous croyez vraiment que je peux manger du caviar, boire du champagne, pendant que vous vous nourrissez de lapin et buvez de l'eau? Soyez raisonnable, mon amour, comprenez le supplice que sera mon existence, quand je mangerai, dormirai ou monterai à cheval!

– Mais, tout cela importe peu, après tout!

Elle avait du mal à écouter ce qu'il disait. Le contact de sa main sur la sienne la bouleversait. Elle se sentait irrésistiblement attirée vers lui, comme si des liens invisibles la tiraient. Elle désirait être près de lui, plus près encore. Bien sûr, il n'avait pas le droit de la prendre dans ses bras. Elle le comprenait. C'était ce qu'il lui expliquait en ce moment même. Néanmoins, elle ne pensait qu'à l'amour qu'il éprouvait pour elle et, malgré la terrible révélation qu'il venait de faire, le soleil brillait toujours dans son cœur.

– Je veux vous envelopper de visons et d'hermines, dit-il, vous couvrir de bijoux, mais surtout, mon amour, je veux être avec vous nuit et jour, je veux que vous soyez ma femme, la femme que je vénérerai à jamais, et qui un jour sera la mère de mes enfants.

Il parlait lentement et chaque mot semblait s'abattre, implacable comme une hache sur le tronc d'un jeune arbre. Pour la première fois depuis qu'il parlait, Mariota envisagea l'avenir qui l'attendait et comprit que, sans le comte, il serait sombre, désespéré.

– Si je souffrais de migraines quand j'aurais dû

aller mieux, c'est que je ne pouvais me reposer, que nuit après nuit je cherchais un moyen pour me sortir du piège dans lequel j'étais tombé.

Il fit une pause avant d'ajouter :

– Si je vous demandais de partir avec moi pour l'étranger, en attendant que le scandale provoqué par la rupture de mes fiançailles avec Elisabeth prenne fin, le feriez-vous?

Visiblement, il attendait sa réponse.

– Je ferai ce que vous voudrez, dit-elle au bout d'un moment, sauf si cela vous nuit, à vous et à votre réputation. Si, comme vous le dites, vous rompez avec Elisabeth, son père vous en voudra terriblement et vous devrez vous battre en duel! Ce serait comme tricher aux cartes, votre image d'homme d'honneur serait ternie!

Le comte poussa un profond soupir.

– Vous comprenez! Oh, ma chérie, vous me comprenez! Comment peut-on être aussi merveilleuse!

Il porta sa main à ses lèvres, effleurant sa peau nue d'un baiser chaste où cependant se devinait toute la passion qu'il éprouvait pour elle. Ils reprirent l'allée du parc. Mariota savait qu'ils s'étaient tout dit désormais. Cet amour qu'ils venaient de s'avouer brûlait dans son sein d'un feu qui la dévorait et qui embrasait le comte de la même façon. Lorsqu'ils arrivèrent en vue de la maison, elle trouva la force de dire, d'une voix tremblante :

– Je vous aime de tout mon être, et toute ma vie je vous aimerai ainsi...

– Ne dites pas cela! Un jour vous rencontrerez un homme qui prendra soin de vous et que vous épouserez. Non, je préfère ne pas y penser!

– Jamais je ne me marierai! Jamais je ne rencontrerai quelqu'un comme vous, que j'aimerai autant! Je resterai vieille fille, je m'occuperai de mon père et de la maison tout en rêvant à vous!

– Et nous devrons nous contenter de cela? reprit le comte violemment.

Il n'y avait rien à répondre. Aussi, ils demeurèrent silencieux jusqu'à ce qu'ils regagnent la maison.

6

Toute la nuit, Mariota se sentit tour à tour transportée de bonheur en songeant à l'amour du comte, puis plongée dans un profond désespoir à la perspective de ne plus le revoir.

De retour à la maison, bouleversé par ce qu'ils venaient de se dire, le comte était monté directement dans sa chambre. Consciente de sa souffrance, elle savait qu'il valait mieux le laisser seul. Il ne fallait pas rendre les choses encore plus difficiles! Aussi, s'était-elle délibérément attardée dehors, flattant les chevaux de la main, faisant des compliments au valet d'écurie sur leur docilité. A pas lents, elle regagna la maison, ayant le sentiment qu'un chapitre de sa vie se refermait sur elle. Au salon, elle pensait y retrouver Lynne ou Jeremy, mais la pièce était vide. Elle allait enlever son chapeau et se retirer dans sa chambre lorsque Jeremy apparut dans l'encadrement de la porte.

– Où étais-tu?... commença-t-elle.

Mais il l'interrompit en s'écriant :

– Quel splendide phaéton! Je n'en ai jamais vu d'aussi beau!

– Oui, je sais.

– Pour quelle raison le comte a-t-il fait venir un phaéton? demanda-t-il en entrant dans la pièce.

– Nous avons fait une promenade, répondit-elle d'une voix qui résonnait étrangement à ses oreilles. Il s'en va demain.

– Demain? Alors, reprit Jeremy après un court instant de réflexion, je vais regarder ce phaéton d'un peu plus près, pendant qu'il est encore là!

– Ne le conduis pas, en tout cas! crut-elle bon de dire.

Mais il avait déjà quitté la pièce et elle eut l'impression qu'il n'avait pas entendu sa recommandation.

Elle monta dans sa chambre. Quand le comte partirait, il reprendrait son cheval, bien entendu, et Jeremy serait bien déçu... Il ne lui avait rien dit, mais elle devinait qu'il l'avait monté matin et après-midi. Aussi ne fut-elle nullement surprise lorsque, quelques instants plus tard, elle aperçut de sa fenêtre Jeremy sur l'étalon noir qui disparaissait derrière les arbres du parc. C'était peut-être la dernière fois de sa vie qu'il galoperait sur un cheval aussi beau!

D'ailleurs, demain le comte partait, et il y aurait beaucoup de « dernières fois »! Elle préférait ne pas y songer, mais c'était plus fort qu'elle. Elle égrena mentalement toutes ces « dernières fois ». La dernière fois qu'ils feraient de bons repas, qu'ils boiraient du bon vin, que Lynne et Jeremy monteraient les superbes chevaux du comte, ce que Lynne devait probablement faire, elle aussi, en ce moment même; et puis, ce serait la dernière fois qu'elle verrait le comte, lui parlerait, la dernière fois qu'il lui dirait qu'il l'aimait, et elle, la dernière fois qu'elle aimerait d'un amour aussi fort!

Elle s'assit devant sa coiffeuse et se cacha le visage dans les mains. Malgré le désespoir qui la gagnait peu à peu, elle essayait de penser au bonheur d'avoir connu le comte. Elle en était reconnaissante car, quel que soit son avenir, n'aurait-elle pas de merveilleux souvenirs pour se consoler plus tard? Un bien piètre réconfort, en vérité!

Comme elle s'y attendait, le comte ne descendit pas pour le dîner. Certes, la promenade avait dû le fatiguer, mais il n'avait pas dû avoir le courage de se retrouver à table avec elle. A la suite de la révélation de leur amour impossible, il y aurait eu une si forte tension entre eux qu'il aurait été difficile de la surmonter et de la masquer au reste de la famille.

En fait, il n'y avait que son père et sa sœur au repas du soir. Jeremy avait disparu. Lord Fordcombe semblait encore plus distrait que de coutume et ne remarqua pas même l'absence de son fils. C'est Lynne qui finit par demander d'un ton de reproche :

– Mais où est donc Jeremy? S'il fait du cheval, je ne trouve pas gentil de sa part de ne pas m'avoir proposé de venir avec lui!

– Tu as fait suffisamment de cheval pour aujourd'hui, observa Mariota. Ce matin, tu ne m'as même pas accompagnée à l'église!

– Si j'étais allée à la messe, répondit Lynne d'un ton maussade, j'aurais demandé un cheval dans mes prières, et je ne crois pas qu'il m'en serait tombé un du ciel!

Il y eut un silence, avant qu'elle ne reprenne, les yeux de nouveau pétillants :

– Crois-tu que le comte voudra bien me laisser Jonquille pendant son séjour à Madresfield? Les palefreniers m'ont dit que le cheval faisait partie de son escorte mais que, ayant perdu un fer en chemin, il n'était arrivé que le lendemain de l'accident du comte.

Mariota ne dit rien. Heureusement que lorsque Jeremy avait attaqué la voiture de lady Coddington le comte était seul! Si un autre homme avait été avec lui, Jeremy et elle seraient morts à l'heure qu'il est! Non, vraiment, Jeremy ne devait plus jamais courir un tel risque. Pourtant, cet argent qu'il avait volé ne durerait pas éternellement, elle le savait bien! Que ferait-il alors? Il lui avait donné sa promesse de ne plus recommencer, mais ne trouverait-il pas autre chose, quelque farce apparemment innocente, mais qui tournerait vite à la catastrophe? Il fallait à tout prix lui parler pour prévenir de nouvelles bêtises. De nouveau, elle eut le sentiment que tous les changements survenus depuis le séjour du comte au « Gué de la Reine » entraîneraient de multiples conséquences, comme une pierre en ricochant dessine sur la surface de l'eau des cercles à l'infini... Le repas était délicieux, mais Mariota n'y prêta aucune attention. Elle aurait pu tout aussi bien manger de la sciure! De son côté, Lynne, qui se demandait comment elle pourrait bien faire pour garder Jonquille encore quelques jours, ne dit plus un mot. Ce n'est qu'au moment où Mariota se levait qu'elle s'enquit :

– Pourrais-je monter chez le comte pour lui dire au revoir?

– Il était très fatigué après cette première sortie et a préféré se retirer tout de suite. Je crois que ce serait un manque d'égard et pas très gentil de ta part de le déranger maintenant.

– Je suppose que tu vas le voir, toi!

– Non, tu te trompes, répliqua Mariota d'un ton ferme, et quant à le voir demain matin, ce n'est pas possible car tu pars de trop bonne heure.

Voyant la déception se peindre sur le visage de sa sœur, elle ajouta :

– Pourquoi ne pas lui écrire une lettre pour le remercier de t'avoir prêté son cheval et d'avoir eu l'obligeance d'envoyer un valet d'écurie? Dis que tu espères le revoir pour le remercier de vive voix avant qu'il quitte Madresfield.

Le revoir, c'était sans doute improbable! Mais que pouvait-elle dire à sa sœur? Peut-être le comte comprendrait-il que Lynne aimerait bien pouvoir monter à cheval quelques jours encore?

– Et tu voudras bien lui demander de laisser Jonquille ici jusqu'à son départ pour Londres?

– Oui, je verrai, assura Mariota. Mais je ne peux rien te promettre!

– Enfin! C'est toujours mieux que rien! De toute façon, qu'il revienne ou pas, il nous manquera, c'est sûr!

– C'est vrai, il nous manquera, acquiesça Mariota.

Avait-elle parlé à voix haute, ou était-ce son cœur qui avait répété ces derniers mots?

Triste et accablée, elle monta se coucher. Elle resta sans dormir, immobile dans le noir, comme pétrifiée par la douleur. Elle ne pleurait pas. Elle avait atteint le fond de son chagrin, et ne songeait qu'au moment où le comte lui avait déclaré son amour, à la souffrance qu'elle avait lue alors sur son visage. Maintenant, elle reconnaissait cette expression de douleur pour l'avoir déjà vue, lorsque, encore alité, il la regardait aller et venir dans la chambre, ou bien qu'elle lisait pour lui. Elle ne comprenait pas alors ce qu'il éprouvait. Mais maintenant, elle ressentait la même chose, et elle savait qu'en le perdant, c'était un peu d'elle-même qui mourait.

– Je l'aime! Je l'aime! répétait-elle.

Elle éprouvait une épouvantable tristesse au cœur, appelant sa mère qui seule aurait pu comprendre : elles avaient été si proches. Sa mère n'avait aimé qu'un seul homme, elle n'aimerait que le comte!

L'aube vint. Elle s'endormit, succombant à la fatigue, pour se réveiller en sursaut quelques heures plus tard. Déjà 8 heures! Elle n'avait pas vu Lynne avant son départ pour le Manoir! Voilà qui n'était pas dans son habitude! Mais, ce matin, rien n'avait d'importance.

Au lieu de vite s'habiller et de descendre comme elle faisait tous les jours, elle resta couchée, songeant à ce qu'elle allait devoir affronter. Aurait-elle le courage d'assister au départ du comte? De le voir s'éloigner dans son phaéton pour toujours? Non, c'était trop horrible! Peut-être pourrait-elle se cacher dans le parc en attendant qu'il parte? Ou dans l'une des pièces condamnées parmi les toiles d'araignées et la poussière? Ce serait plus terrible encore pour lui. Il était comme son enfant et elle désirait le protéger, de toutes ses forces, l'empêcher de souffrir et d'être malheureux.

– C'est son bonheur que je veux, dit-elle à voix haute, tout en sachant que ce bonheur qui signifiait son mariage avec lady Elisabeth la déchirait et lui brisait le cœur d'une façon intolérable.

Elle finit par se lever et s'habiller. Elle était pratiquement prête lorsqu'on frappa à la porte. C'était le vieux Jacob, tout essoufflé d'avoir monté les escaliers. Elle regarda, intriguée, l'énorme carton qu'il apportait. Puis elle se souvint du cadeau promis par le comte.

– Il y en a quatre autres en bas, mademoiselle Mariota, dit Jacob. Je peux les monter si vous le désirez, mais c'est fatigant.

– Non, laissez-les pour l'instant. Je demanderai à Mr Jeremy de vous aider.

– Merci, mademoiselle! C'est que mes jambes ne sont plus ce qu'elles étaient!

Une calligraphie recherchée indiquait le nom de la maison de couture. C'étaient les robes qu'avait fait faire le comte pour les deux jeunes filles, une attention que Mariota avait finalement acceptée.

« Un cadeau d'adieu », songea-t-elle, pleine d'amertume.

Elle ouvrit le carton et resta bouche bée en découvrant deux robes magnifiques, d'une délicate teinte pastel qui lui allait à ravir. C'étaient des robes de jour et elle décida d'en mettre une, mais laquelle? Le comte n'en verrait jamais qu'une sur elle! Elle choisit finalement la bleu pâle qui soulignait la blancheur de sa peau, les reflets argent de ses cheveux et la profondeur de ses yeux gris. Elle était ornée d'une dentelle si fine qu'elle semblait façonnée par des doigts de fée.

Mariota se regarda dans la glace : on eût dit une nymphe surgissant de l'eau ou du ciel! Jamais elle n'avait été aussi belle, et pour la première fois, elle découvrait la perfection de son visage et la grâce de sa silhouette.

– C'est ainsi que je veux qu'il se souvienne de moi! se dit-elle, et à cette pensée la douleur qu'elle éprouvait ternit l'éclat de ses yeux.

Elle se résigna enfin à descendre à la salle à manger. Il n'y avait personne : ils avaient tous déjeuné et étaient déjà sortis. Son déjeuner avait refroidi, les œufs étaient peu appétissants; elle grignota un morceau de jambon qui venait des cuisines du duc et but une tasse de café froid. Puis, prenant soin de ne pas tacher sa nouvelle robe, elle débarrassa la table et retrouva Mrs Brindle à la cuisine.

– Combien sommes-nous à midi, mademoiselle? s'enquit cette dernière.

– Je pense que Mr Jeremy sera là, ce qui fait trois.

– Mr Hicks m'a dit que M. le comte partait ce matin, remarqua la vieille domestique sur le ton de la conversation.

– Oui, c'est bien cela, répondit Mariota.

Elle alla au salon et, comme chaque matin, se mit à battre la poussière et à ranger la pièce. Le bouquet de seringa ployait misérablement et les pétales éparpillés sur le bois verni de la table lui faisaient penser à des larmes. Mais n'était-elle pas ridicule de se laisser aller ainsi à son chagrin? Elle devait retrouver son sang-froid et, quand le comte viendrait lui dire adieu, se montrer très calme. Il ne fallait pas accroître sa peine.

Ce n'est qu'un grand moment plus tard que la porte s'ouvrit devant le comte. Il était superbe.

Saisie d'émotion, elle ne put que le regarder, sans parler, tandis qu'il se tenait sur le seuil.

– Je pensais vous trouver ici, dit-il en s'approchant.

– Je vous attendais.

– En pensant à moi?

– Comment faire autrement?

Les mots étaient inutiles entre eux, pourtant, ils les prononçaient. Il était près d'elle. Elle pouvait lire sur son visage tout son chagrin, et les cernes de ses yeux révélaient le manque de sommeil. Comme elle, il n'avait pas dû beaucoup dormir! Il demeura longtemps immobile sans la quitter des yeux.

– Il me semblait préférable hier, dit-il enfin, de vous dire mon amour dehors, dans le parc, pour ne pas être tenté de vous prendre dans mes bras!

Il fit une pause avant de poursuivre d'une voix déchirée par la douleur :

– Je croyais qu'ainsi notre séparation serait moins pénible! Pourtant, aujourd'hui, je ne peux partir comme cela, sans vous embrasser au moins une fois, Mariota. Je veux croire, ne serait-ce qu'un instant, que vous êtes à moi!

– Je suis à vous pour toujours!

– La nuit dernière, reprit-il, j'ai résisté à la tentation de venir vous retrouver, alors que vous étiez si proche de moi... Je désirais tant vous dire mon amour!

– Pourquoi n'êtes-vous pas venu?

– Pourquoi? Mais, ma chérie, parce que je vous aime, pour la femme que vous êtes et que Dieu m'a choisie, et aussi parce que je vous vénère! Vous m'êtes sacrée et je ne peux que respecter votre pureté!

Mariota laissa échapper un murmure inintelligible.

– Adieu, mon amour, ma chérie, ma femme adorée, dit-il d'une voix brisée.

Et lentement, comme s'il désirait se souvenir à

jamais de cet instant, il l'entoura de ses bras et la serra contre lui. Alors, doucement, comme pour cueillir une fleur, il se pencha sur elle : ses lèvres se posèrent sur les siennes. Pour Mariota, c'était la musique de ses rêves qui résonnait à ses oreilles, et tandis que le comte l'embrassait, elle se sentait peu à peu soulevée de terre, transportée jusqu'au ciel où la lumière du soleil les enveloppait d'un glorieux halo doré. Tout ce qu'elle avait espéré, imaginé, cette émotion et ce sentiment de beauté qui avaient enivré son cœur et son esprit, elle le vivait maintenant dans ce baiser. Le comte resserra son étreinte, embrassant les lèvres douces, tendres et innocentes, qui s'offraient à lui avec plus de passion. Il la serrait de plus en plus fort, ses baisers se faisant possessifs, impérieux.

C'était si merveilleux, si parfait qu'elle avait l'impression d'atteindre les étoiles. La chaleur du soleil l'envahissait peu à peu et semblait se communiquer au comte qui l'embrassait avec fougue. Il refusait de la perdre, et pourtant, il savait que c'était déjà trop tard...

Il releva la tête et Mariota murmura, éperdue :

– Je vous aime! Je vous aime tant! Comment vous dire?

Comme si ces mots l'excitaient, il la serra plus fort encore et baisa ses yeux, ses joues, sa nuque si douce, puis ses lèvres passionnément. C'était comme une tempête qui la soulevait, mais elle n'avait pas peur. La douce chaleur devint brûlante comme le désir qu'ils éprouvaient tous deux l'un pour l'autre. C'était l'amour, un amour très humain qu'ils ressentaient, mais Mariota savait que jamais le comte ne lui ferait de mal, car pour lui, elle était sacrée.

Soudain, il la lâcha. Brisé par l'émotion, il fit quelques pas et resta immobile, une main appuyée contre la cheminée, le regard perdu devant le foyer vide.

– Pardonnez-moi, dit-il d'une voix qu'elle reconnut à peine. Je ne voulais pas que cela se passe ainsi.

– Je n'ai pas à vous pardonner. Je vous aime comme vous m'aimez, mais je ne veux pas que vous ayez de la peine!

Il l'écoutait, retenant sa respiration. Elle vit la souffrance qui dessinait sur son visage tant de rides qu'il semblait avoir vieilli.

– Je dois vous quitter, dit-il. Ma présence ici est une torture pour tous les deux. C'est mal, et pourtant je ne peux me résoudre à dire ce simple mot : adieu!

– Peut-être ne devons-nous pas nous dire adieu! Peut-être devons-nous espérer... qu'un jour nous nous retrouverons?

Mais tout en parlant, elle savait combien tout espoir était vain! Lady Elisabeth était jeune, plus jeune qu'elle d'un an. Seule la mort pourrait libérer le comte de sa femme!

– Laissez-moi vous regarder, reprit-il, après un silence. Je veux me souvenir de vous, à jamais, telle que vous êtes en ce moment. Ce souvenir, personne ne pourra me l'enlever!

– C'est la robe que vous m'avez offerte!

Le comte dut faire un effort pour détacher ses yeux de ceux de Mariota.

– Elle vous va merveilleusement bien, mais pour moi, vous avez toujours été belle! Vous avez toujours été habillée de rêve!

– C'est dans nos rêves, n'est-ce pas, que nous nous retrouverons? dit-elle avec douceur. La nuit, je rêverai de vous, vous de moi, et alors, peut-être aurons-nous le sentiment d'être ensemble?

Comme si ces mots lui faisaient perdre son sang-froid, il lança brusquement :

– Ce n'est pas en rêve que je vous veux, mais dans mes bras! Je veux sentir votre corps contre le mien, pouvoir vous parler, écouter la musique de votre voix quand vous me dites que vous m'aimez!

– Oui, je vous aime, et grâce à mon amour je sais que vous accomplirez de grandes choses, de bonnes actions dans le monde!

– Pas sans vous! protesta-t-il. Sans vous, je ne peux rien faire, vous le savez!

» Et puis, au diable tout cela! s'écria-t-il soudain. Pourquoi souffrir de la sorte? C'est absurde! (Il la regardait et tout son désir se concentrait dans la flamme de son regard.) Venez avec moi et partons! Partons ensemble, Mariota, comme je vous l'ai demandé! Notre fuite fera jaser un temps, et puis tout le monde oubliera pour parler d'autre chose. Venez!

Mariota n'avait qu'un pas à faire pour prendre la main qu'il lui tendait et le suivre. Comme ce serait merveilleux d'être seule avec lui, même si le monde entier les bannissait!

– Dans un an, qui se souviendra de ce qui s'est passé? reprit le comte. Elisabeth est jeune, belle et riche. Elle aura beaucoup de demandes en mariage. Elle ne m'aime pas plus que je l'aime!

Sa voix l'ensorcelait tandis qu'il poursuivait :

– Venez avec moi, Mariota. Venez, mon amour. Nous vivrons dans un paradis tous les deux dont nous fermerons jalousement les portes afin que rien ni personne ne vienne troubler notre bonheur!

Il se tut.

– Etre avec vous, commença Mariota après un silence, c'est ce que je désire! Vous le savez, n'est-ce pas? que je vous aime! Mais, de la même façon que vous ne m'avez pas rejointe hier soir dans ma chambre car vous ne vouliez pas me nuire, je ne dois pas vous laisser vous faire du mal!

La voix brisée par l'émotion, elle continua :

– Vous êtes important, admiré, vous représentez tant pour les autres! Tous ceux qui vous écoutent se laisseraient aller à commettre de mauvaises actions, des crimes même, qu'ils n'auraient jamais pensé faire auparavant...

Le souffle court, elle ajouta :

– Vous êtes responsable de par votre rang, mais aussi parce que vous êtes vous-même une personnalité, un grand homme pour votre pays...

Les mots se présentaient à son esprit sans qu'elle ait à les chercher, et elle savait que ce qu'elle disait était vrai, que ni l'un ni l'autre ne pouvaient le nier. Le comte ne bougeait pas.

– Si tel est votre désir, si c'est là ce que vous croyez juste, mon amour, alors je m'y conforme, dit-il enfin avec une tristesse qui sembla à Mariota plus éloquente et persuasive que lorsqu'il l'avait implorée de le suivre.

Tout ce qu'elle désirait, c'était être dans ses bras!

Comme elle demeurait immobile, le comte alla à la porte qu'il ouvrit. Sans rien dire, elle attendait.

– Est-ce vous, Jacob? Allez à l'écurie et veuillez dire à mes gens que l'on attelle mon phaéton tout de suite, l'entendit-elle appeler.

– Très bien, monsieur.

Elle reconnut le pas traînant du vieux serviteur, puis le comte revint, referma la porte. Il la prit dans ses bras et la conduisit à la fenêtre.

Elle éprouvait maintenant une immense fatigue, comme après une lutte acharnée contre la tempête. Elle appuya sa tête sur l'épaule du comte. Ils ne parlaient pas. Ils restèrent simplement ainsi à regarder le jardin à l'abandon dont les fleurs et les massifs poussaient à demi sauvages, et plus loin, là où le lac reflétait le bleu du ciel, rappelant la délicate teinte de la robe de Mariota. Dans les bras l'un de l'autre, ils sentaient qu'ils ne faisaient qu'une seule et même personne, vibrant du même amour. Un grand moment s'écoula.

– Vous prierez pour moi? demanda le comte.

– Vous le savez bien.

– J'aurai besoin de vos prières, autrement je serai incapable de faire ce que vous attendez de moi.

Toujours, je penserai : « Voilà ce que veut Mariota, voilà ce qu'elle voudrait que tu fasses. » Je vous le promets!

– Toujours vous réussirez ce que vous entreprendrez, murmura-t-elle.

De nouveau, il y eut un silence. Puis, ils entendirent des pas dans le hall et la porte s'ouvrit. Ils s'éloignèrent l'un de l'autre. Le vieux Jacob s'avança pesamment.

– Je reviens des écuries, monsieur, dit-il au comte. Mais votre phaéton a disparu. Le valet m'a donné cette lettre pour Mlle Mariota qu'il ne devait remettre qu'au moment où Monsieur demanderait sa voiture.

Le comte ne dit rien et Mariota, consternée, ne put s'empêcher de penser que Jeremy avait probablement emprunté le phaéton et ne l'avait pas encore ramené. C'était tout à fait le genre de tour dont il était capable, espérant ainsi retarder le départ du comte jusqu'au déjeuner. Pourtant, elle l'avait prévenu qu'il risquait de partir dès le matin!

Elle prit le billet que lui tendait Jacob. Qui pouvait bien lui écrire?

– Je suis désolée, vraiment, dit-elle comme le domestique se retirait. Je suis certaine que Jeremy ne va pas tarder.

L'attitude désinvolte de son frère lui causait un réel embarras vis-à-vis de leur hôte. Aussi, elle n'osa regarder le comte et baissa la tête. A sa grande surprise, elle remarqua que le billet qui lui était adressé était écrit de la main de Jeremy. Peut-être expliquait-il son absence et disait-il quand il serait de retour. Furieuse après lui, elle ouvrit vivement la lettre.

Deux feuillets s'en échappèrent.

« Ma chère Mariota, commençait-il.

» A l'heure où tu recevras cette lettre, je serai marié. Il faudra m'excuser auprès du comte pour avoir emprunté son phaéton que je ne pourrai du reste pas lui rendre avant quelque temps... »

Mariota laissa échapper une exclamation de surprise et continua sa lecture.

« Elisabeth et moi sommes tombés tout de suite amoureux l'un de l'autre, et grâce au cheval du comte que j'ai emprunté, il nous a été possible de nous rencontrer chaque jour. Quand tu m'as annoncé le départ de notre hôte pour ce matin, j'ai compris soudain que ma seule chance d'empêcher l'annonce de ses fiançailles avec Elisabeth était de disparaître avec elle et de l'épouser. C'est le révérend Dowty qui nous marie. Il est si vieux et gâteux qu'il ne s'est même pas rendu compte que « Mlle Mary Elisabeth Field » n'était autre que la fille du duc! Comme il me connaît depuis que je suis né, il n'a bien sûr fait aucune difficulté et croit que si nous nous marions en secret c'est parce qu'Elisabeth est en deuil! J'ai dit qu'Elisabeth avait mon âge : c'est la seule chose que j'aie été obligé d'inventer pour que notre mariage soit légal.

» Cependant, au cas où le duc et le comte chercheraient à enlever Elisabeth et réussiraient à annuler notre mariage, nous préférons disparaître quelque temps, jusqu'à ce que notre union soit acceptée. Nous ne quitterons notre heureuse lune de miel que lorsque nous aurons l'assurance de pouvoir vivre tranquillement ensemble. C'est ce que je te demanderai d'écrire dans la rubrique des messages personnels du *Morning Post* en signant Mariota. Quel que soit l'endroit où nous serons, je m'arrangerai pour me procurer ce journal.

» Ma chère Mariota, fais cela pour moi. Naturellement, fais tout pour cacher le plus longtemps possible notre fuite. Tâche de retarder le départ du comte pour Madresfield.

» Je vais chercher Elisabeth de bonne heure ce matin, pendant que tout le monde dort encore. Elle laissera un mot disant qu'elle rejoint le comte au « Gué de la Reine » et qu'ils rentreront ensemble.

Personne donc ne s'inquiétera de son absence, jusqu'à l'arrivée du comte à Madresfield. A ce moment-là, j'espère que nous serons déjà loin! Tu vas voir que j'ai pensé à tout! J'ai dit à Elisabeth d'utiliser l'une des malles du comte pour y mettre ses vêtements et d'expliquer au domestique que son maître en avait besoin pour déménager ses affaires du « Gué de la Reine »!

» Ne t'inquiète pas pour l'argent, nous en avons assez pour notre lune de miel. (Je sais que tu te poseras la question.) Mais crois-moi, même si Elisabeth était pauvre, je l'aurais épousée! Je l'aime pour elle-même et il n'y a pas de jeune femme plus merveilleuse! Bien sûr, cela facilite la vie de ne pas avoir à économiser sur tout comme tu as dû le faire ces dernières années. Du moins, je ne mangerai plus de lapin!

» Par bonheur, je n'ai pas payé de note chez le tailleur, et presque tout l'argent « obtenu » en commettant cette vilaine action que tu désapprouvais tant se trouve à la banque. Il s'y ajoute l'argent et les bijoux qu'Elisabeth prend avec elle. Nous pourrons donc vivre très à l'aise.

» Je crois avoir pensé à tout. Peut-être es-tu en colère contre moi? Reconnais du moins que je me suis bien débrouillé!

» Tu es une sœur adorable, Mariota, et Elisabeth est certaine de t'aimer autant que je t'aime. Que tes meilleurs vœux nous accompagnent! Nous sommes tellement heureux!

» N'oublie pas de nous faire savoir quand nous pourrons retourner dans le monde civilisé. Remarque, nous ne sommes pas vraiment pressés, car nous avons l'intention de passer une lune de miel merveilleuse!

» Avec toute mon affection,
» Ton frère (jamais à court d'idées!)
Jeremy. »

Mariota n'en croyait pas ses yeux. Elle lut la lettre

d'un bout à l'autre en retenant sa respiration. Quand elle eut fini, ne sachant que dire ni que penser, elle se contenta de tendre au comte les deux feuillets couverts d'une écriture serrée. Intrigué, il les prit et se mit à lire sans poser de questions.

Tournée vers la fenêtre, le regard perdu dans le vague, Mariota demeurait immobile, ses doigts noués entre eux. Qu'allait penser le comte? Elle n'osait y songer. Elle se sentait si peu sûre d'elle-même, et aussi pleine d'appréhension.

Il sembla mettre beaucoup de temps à lire cette lettre. Enfin, il la replia et la lui rendit. Tout en prenant le billet, elle scrutait son visage, cherchant à savoir ce qu'il pensait.

– J'ai changé d'avis! dit-il. Je partirai ce soir. Je ne lis pas cette lettre maintenant, vous me la montrerez plus tard, juste avant que je m'en aille.

– Je ne comprends pas... bredouilla-t-elle.

– C'est simple, ma chérie, reprit le comte dont le sourire illuminait le visage. Il faut laisser au jeune couple le temps de fuir et de se mettre à l'abri avant que l'on ne crie au scandale!

Comme elle le regardait, interdite, il l'enlaça et ses lèvres se posèrent sur sa bouche.

Cet après-midi-là, lord Fordcombe travaillait dans son bureau, lorsque la porte s'ouvrit sur lady Coddington.

– Pardonnez-moi de vous déranger, dit-elle de sa voix douce, mais je ne trouve personne dans la maison. Je me demandais où était mon frère.

Lord Fordcombe se leva en souriant.

– Je suis ravi de vous voir! s'exclama-t-il. Je viens de finir le chapitre relatant le rôle que mon ancêtre a joué dans la bataille de Marlborough et j'aimerais beaucoup vous le lire.

Lady Coddington entra et referma la porte.

– Comme tout cela est passionnant! dit-elle en s'approchant de la table de travail. Je meurs d'envie de découvrir ce qui s'est passé!

Lord Fordcombe remarqua que c'était la première fois qu'elle n'était pas en deuil. En effet, au lieu des robes invariablement noires ou mauves qu'il lui avait vues depuis le début de ses visites au « Gué de la Reine », elle avait revêtu ce jour-là une délicieuse robe blanche ornée de dentelle écrue et de rubans de velours bleu saphir. Elle portait un chapeau blanc décoré de rubans de la même couleur et de quelques plumes d'autruche, bleues elles aussi.

Il la regarda longuement.

– Vous êtes ravissante, dit-il, comme une jeune fille au seuil de sa vie.

Elle sembla quelque peu intimidée et ne répondit pas tout de suite.

– Ah! Si c'était vrai! dit-elle enfin. Sauf que je suis maintenant un peu plus vieille, peut-être un peu plus sage aussi et capable de mieux apprécier la vie!

Il lui jeta un regard surpris.

– Quand on est jeune, expliqua-t-elle, on vit sans réfléchir, mais en vieillissant, on sait mieux apprécier chaque chose, et on est reconnaissant du moindre bonheur que l'on connaît.

– Il me semble parfois avoir oublié ce qu'est le bonheur! répondit lord Fordcombe. Pourtant, vous parler de mon livre m'a communiqué un nouvel enthousiasme, et m'a donné l'envie de le continuer et peut-être aussi de continuer à vivre!

Lady Coddington écoutait, suspendue à ses lèvres. Son hôte s'approcha d'elle et tous deux se dirigèrent vers le vieux sofa aux couleurs fanées qui faisait face à la cheminée.

– Je pensais qu'Alvic rentrerait à Madresfield

pour le déjeuner, dit-elle en s'asseyant. Mais j'imagine qu'au moment de partir il a préféré profiter encore un peu de votre compagnie.

– Nous avons été heureux de l'avoir avec nous.

Lord Fordcombe, les yeux posés sur la visiteuse, parlait machinalement sans sembler prêter attention à ce qu'il disait.

– Si votre frère nous quitte aujourd'hui, je ne vous verrai donc plus! ajouta-t-il avec un accent différent.

Il y eut un silence.

– En effet, il ne me sera guère possible de vous voir après avoir quitté Madresfield, répondit lady Coddington d'une voix qui tremblait un peu.

– Vous me manquerez beaucoup, vous le savez, n'est-ce pas?

– En êtes-vous sûr?

– Il m'est difficile de trouver les mots justes, mais votre présence m'a apporté un tel réconfort... Quand vous partez, c'est comme un rayon de soleil qui disparaît!

Elle l'écoutait, assise, les mains jointes sur ses genoux, et quand il eut fini, elle leva les yeux sur lui.

– Vous me manquerez aussi! avoua-t-elle dans un souffle.

Lord Fordcombe se leva et fit quelques pas vers la fenêtre où il se tint immobile. Il regardait le jardin et les arbres du parc comme s'il les découvrait pour la première fois.

– Je n'ai rien à vous offrir! dit-il après un silence, d'une voix entrecoupée par l'émotion.

Il n'entendit pas la jeune femme s'approcher, mais soudain, elle fut là, à ses côtés. Il pouvait sentir sa présence et son doux parfum l'enivrait. Très droite, elle ne bougeait pas.

– Vous connaissez ma situation, reprit-il au bout d'un moment. Vous avez vu ma maison, la vie que mènent mes enfants!

– Mais il y a vous... répondit-elle si bas que c'est à peine si on l'entendit.

Il se tourna vers elle. Aucun homme ne pouvait être aussi beau, aussi séduisant! Et pourtant, elle craignait encore de ne pas avoir bien compris ce qu'il avait dit. Elle l'implorait du regard.

– Que puis-je dire? J'ai besoin de vous, je vous désire, je vous aime! murmura-t-il, bouleversé.

Parler était désormais inutile. Avec un cri de joie, lady Coddington se blottit dans ses bras.

Pendant ce temps, à la recherche d'un abri dans le jardin, Mariota et le comte, foulant l'herbe haute de la pelouse, se frayaient un chemin à travers les massifs de seringas et de lilas blancs.

– Personne ne nous trouvera ici, dit enfin Mariota. Mais, je vous en prie, il faut vous asseoir et vous reposer. Le Dr Dawson serait fort mécontent de vous voir vous agiter de la sorte!

– C'est que je suis tellement heureux!

Il l'attira à lui et l'embrassa passionnément, jusqu'à ce qu'ils soient tous deux à bout de souffle.

– Je vous aime, reprit-il, et plus rien ne peut m'empêcher de vous le dire! Nous nous marierons dès que possible!

Et avant que Mariota pût répondre, il l'embrassa de nouveau.

– Je vous en prie, asseyons-nous là un instant, dit-elle lorsqu'il la relâcha, indiquant du doigt un vieux banc tout bancal au fond de la tonnelle, mes jambes ne me supportent plus...

Le comte rit et avec précaution prit place sur le siège qui se révéla malgré son apparence assez solide et du moins très confortable. Il fit un mouvement pour la serrer de nouveau dans ses bras, mais elle ne le laissa pas faire et alla chercher un petit tabouret qu'elle plaça en face de lui pour qu'il allonge ses jambes.

– Si votre sœur vient cet après-midi, elle va se demander où nous avons disparu! Mais il vaut mieux, n'est-ce pas, qu'elle n'apprenne pas trop tôt que lady Elisabeth n'est pas ici!

– C'est bien pour cela que nous devions nous cacher! Laissez-moi vous dire, ma chérie, que cela m'amuse beaucoup de me cacher avec vous dans ce jardin!

– Je n'arrive pas à croire à ce qui s'est passé! Mais maintenant que vous n'êtes plus tenu d'épouser Elisabeth, êtes-vous sûr de vouloir m'épouser, moi?

– Comment pouvez-vous poser une question aussi ridicule? Dites-moi donc ce qui vous tracasse, ajouta-t-il devant la mine sérieuse de la jeune fille.

– Comment savez-vous que quelque chose me tracasse? demanda-t-elle, éludant ainsi sa question.

– C'est que je vous aime, et parce que je vous aime, je connais chaque expression de vos yeux, chaque inflexion de votre voix, et même en ce moment, alors que je suis le plus heureux des hommes, je sais que vous êtes inquiète!

Il était prêt à l'enlacer, mais elle esquissa un mouvement de recul.

– Non... attendez... il faut que je vous dise... Peut-être est-ce de la folie de ma part de vouloir vous dire la vérité, car vous ne m'aimerez plus alors, ou vous ne désirerez plus m'épouser...

– Est-ce là le secret qui vous tourmente depuis que je vous connais?

– Oui.

– Alors, quel qu'il soit, ce terrible secret, laissez-moi vous assurer que même si vous aviez commis tous les crimes possibles et imaginables, je vous aimerais encore et désirerais toujours vous épouser! Vous êtes mienne, Mariota. Rien ni personne ne peut nous séparer.

– Ecoutez ce que j'ai à vous dire d'abord, dit-elle en laissant échapper un sanglot.

– Je vous écoute.

Il vit qu'elle tremblait, et c'est seulement le désir de respecter sa volonté qui le retint de l'embrasser pour chasser de ses yeux cette lueur inquiète et calmer le léger tremblement de ses lèvres. Jamais de sa vie, au cours de ses nombreuses et orageuses liaisons, il n'avait éprouvé un tel sentiment! Aucune femme ne l'avait bouleversé à ce point, n'avait soulevé en lui un désir aussi brûlant mêlé du plus grand respect pour tant de pureté et d'innocence! C'était un sentiment plus fort encore que tout ce qu'il avait connu jusqu'alors, qui s'imposait à lui comme une révélation divine. Ils s'appartenaient, ils étaient destinés l'un à l'autre, et cela depuis le début des temps! Il n'était pas seulement envoûté par la beauté de Mariota, cette beauté qui le hantait jour et nuit, mais aussi par cette aura de bonté qui émanait de tout son être. Pour lui, elle était désirable, mais aussi précieuse par ses qualités et ses vertus. « Je vous vénère », voulait-il lui dire.

Mais parce qu'il existait entre eux une si grande harmonie, il savait qu'elle devait d'abord épancher son cœur pour être sûre de son amour.

– Vous allez être choqué, peut-être aussi furieux, commença-t-elle faiblement. J'ai tellement honte de ce que j'ai fait!

– Qu'avez-vous fait, mon amour?

Elle respira profondément avant de poursuivre, la voix altérée :

– J'étais avec Jeremy lorsqu'il s'est déguisé en bandit et qu'il a attaqué la voiture de votre sœur pour lui voler son argent!

Avec difficulté, elle prononçait ces mots terribles : parler était une atroce souffrance. N'osant regarder le comte, elle reprit, les yeux baissés :

– C'est moi qui ai tiré sur vous quand je vous ai

vu pointer votre arme sur Jeremy. Le coup de feu a effrayé votre cheval qui s'est cabré et vous a jeté à bas.

Elle n'avait pas besoin de lever la tête pour savoir que le comte la fixait d'un air incrédule.

– Vous étiez habillée en homme? demanda-t-il.

– Oui, Jeremy avait dit qu'il était plus prudent de me déguiser en garçon. Il tenait à ce que je l'accompagne, c'était beaucoup trop risqué autrement, je ne pouvais le laisser aller seul...

« C'est la fin », songea-t-elle, la mort dans l'âme. Tout ce qui comptait pour elle gisait détruit à ses pieds. Il était assurément en colère, choqué par sa conduite, mais aussi par son hypocrisie car, jusqu'à ce moment, elle lui avait caché la vérité. Il allait partir, la laisser. Il trouverait bien un moyen pour regagner Madresfield! Elle ne le verrait plus jamais, et le bonheur dont elle avait rêvé serait brisé! Il ne lui restait plus qu'à mourir!

Soudain, à sa grande surprise, le comte éclata de rire. Stupéfaite, elle tourna la tête vers lui et vit ses yeux qui riaient. Il riait en effet, et de si bon cœur qu'il semblait ne plus pouvoir s'arrêter. Il tendit la main et l'attira contre lui.

– Oh! Ma chérie! Il n'y a que vous et votre extraordinaire famille pour imaginer quelque chose d'aussi peu banal, d'aussi étonnant! J'ai l'impression de me trouver dans une comédie de la Restauration! Je vous adore!

Il l'enlaça, la serrant si fort qu'elle pouvait à peine respirer, encore moins parler.

– Comment pouvais-je imaginer un seul instant que vous étiez capable d'une chose aussi absurde et dangereuse? Je vous promets, mon amour, qu'à l'avenir vous ne serez jamais plus dans une telle situation!

Le visage enfoui contre sa poitrine, Mariota pleurait.

– Il ne faut pas pleurer! Vraiment, il n'y a aucune raison de pleurer!

– Je me disais que vous alliez me détester, que j'allais vous perdre!

– N'ayez crainte! Cela n'arrivera jamais! répondit-il avec tendresse. Toutefois, heureusement que cette histoire pour le moins inhabituelle a provoqué notre rencontre, autrement, je me sentirais fort humilié d'être tombé de cheval devant vous!

Ses lèvres contre le front de Mariota, il poursuivit :

– Vous rendez-vous compte que sans cet accident, je serais allé à Madresfield et n'aurais pas même soupçonné votre existence! Vraiment, tout ce que je peux dire, ma chérie, c'est merci, merci à Jeremy d'avoir eu besoin de vêtements neufs!

A ces mots, Mariota le regarda, médusée, tandis que les larmes coulaient sur ses joues.

– Vous avez compris que c'était pour s'acheter des habits que Jeremy avait besoin d'argent?

– J'avoue m'être demandé une ou deux fois comment votre frère pouvait s'offrir des habits aussi élégants, à la dernière mode, et qui plus est, confectionnés par un tailleur réputé de Londres, alors que vous étiez si pauvres, et selon les dires de Lynne, condamnés à manger du lapin!

– Vous ne lui en voulez pas?

– Lui en vouloir? Mais je lui suis plutôt reconnaissant d'épouser Elisabeth, et par là même de m'enlever ce grand poids! Je suis si peu fâché que je me demande bien ce que je pourrais leur offrir à tous les deux! Il faut que ce soit le plus beau cadeau de mariage!

Mariota poussa un cri de joie.

– Vous comprenez? Alors, vous nous pardonnez? Vous êtes merveilleux! Comment est-ce possible qu'un homme aussi bon, aussi extraordinaire que vous existe, et que je l'aie rencontré?

Le comte ne fit aucune réponse. Il se contenta de l'embrasser.

– Vous ne direz rien à votre sœur au sujet de Jeremy? demanda Mariota un peu plus tard.

– Non, bien sûr que non. Ce serait une erreur, ma chérie, de révéler quoi que ce soit à toute personne autre que votre mari! Je doute fort, d'ailleurs, que votre frère se confie à sa femme!

– J'avais promis à Jeremy de garder le secret, mais je ne pouvais pas, j'avais trop peur de gâcher notre amour en me taisant!

– Jamais nous n'aurons de secrets l'un pour l'autre, assura le comte avec force. Faites-moi confiance! Vous êtes mienne, Mariota, et chacune de vos pensées, chacun de vos rêves quand vous dormez, m'appartient!

Elle eut un rire léger.

– Jusqu'à présent, je méprisais les hommes qui se laissaient aller à la jalousie, continua-t-il. Mais, désormais, je me sens terriblement jaloux! N'est-ce pas ce qui arrive quand on est amoureux?

– Vous n'aurez pas à être jaloux, répondit Mariota. Pour moi, vous êtes tout, le ciel, la mer, l'univers entier! Il n'y a que vous au monde! Quand vous êtes près de moi, je ne vois que vous!

Sa voix profonde vibrait légèrement sous l'effet de la passion, qui lui donnait un accent nouveau, bouleversant. Le comte ne put résister à la tentation de l'embrasser encore...

– Qu'allons-nous dire à votre sœur, interrogea Mariota au bout d'un moment, si elle nous attend à la maison? Cela va lui paraître bien étrange que vous ne soyez pas parti pour Madresfield, comme c'était votre intention! Ne pensez-vous pas qu'elle est venue vous chercher?

– Je ne pense pas que ma sœur s'inquiétera trop à notre sujet. Elle sera très heureuse de bavarder avec votre père.

– Père aime tant parler avec elle.

– Et elle aime tant sa compagnie!

Mariota le regarda, étonnée.

– Vous ne voulez pas dire?... commença-t-elle.

– Pourquoi pas? Votre père a beaucoup de charme et, si mes calculs sont justes, il n'a que quarante-trois ans! Si vous n'êtes pas là pour vous occuper de lui, Mariota, comme ce sera le cas en vérité, je crois que ma sœur pourra très bien s'en sortir!

– Mon Dieu! Je n'avais pas pensé à ça! Que je suis donc sotte! Mais, bien sûr, c'est une idée magnifique! Si cela pouvait être vrai! Lady Coddington est si douce! Père est très seul et tellement malheureux depuis la mort de mère!

Elle poussa un léger soupir avant d'ajouter :

– Nous avons fait de notre mieux, bien sûr, mais les enfants ne peuvent remplacer une épouse.

– C'est vrai, acquiesça le comte, et je vous préviens, Mariota, si vous aimiez nos enfants plus fort que moi, je serais très jaloux et très malheureux!

– Jamais je ne pourrais avoir plus d'amour pour quelqu'un d'autre que vous... Cependant, je serai heureuse d'avoir des enfants de vous.

Tout en parlant, elle songeait au comte qui, au cours de sa maladie, ressemblait parfois à un enfant. Ce serait merveilleux de tenir son fils dans ses bras, tout en sachant que c'était d'elle et de son amour dont il avait besoin.

Comme s'il devinait ses pensées, il reprit :

– Comment pouvais-je croire que je serais heureux, que ma vie serait remplie, sans enfants pour égayer ma maison et bien sûr monter mes chevaux?

Mariota se mit à rire tandis qu'il poursuivait :

– Savez-vous, mon amour, que je ne vous ai pas encore vue à cheval? Nous aurons le plaisir d'en faire tous les deux! Mais il y a tant de choses que je rêve de faire avec vous qu'il me faudrait toute une vie pour vous les dire!

Il la prit par le menton et lui releva la tête.

– Désormais, je vais enfin pouvoir vous offrir tout ce que je veux, sans avoir à souffrir vos refus et vos raisonnements : je veux vous parer de fourrures et de bijoux, de tout ce qui révélera votre beauté!

– Bien sûr, tout cela est merveilleux, murmura-t-elle, mais la seule chose que je désire vraiment, c'est votre amour.

Le jour de son départ, la comtesse de Buckenham embrassa son père, puis sa belle-mère avec une tendre et réelle affection. Encore maintenant, elle avait du mal à croire que sa vie avait changé aussi radicalement et pour le mieux. Désormais, rien ne pouvait être plus parfait. C'était comme si le génie qu'elle avait supplié d'apparaître avait bel et bien, d'un coup de baguette magique, réalisé tous ses vœux. Et lorsqu'elle apprit que lady Coddington allait épouser son père, il lui sembla que c'était décidément la meilleure chose qui pouvait arriver. Le comte avait vu juste! Son intuition était plus pénétrante que la sienne, songea-t-elle.

– Moi qui pensais que ce serait Jeremy qui s'occuperait du domaine, dit-elle au comte, et lui redonnerait sa splendeur d'autrefois! Bien sûr, père aurait peut-être trouvé cela un peu embarrassant... Enfin, tout est pour le mieux! Noreen supervisera les travaux. Elle sera la plus heureuse et père aussi!

– C'est vrai, répondit-il. Au fait, je n'ai pas encore pris le temps de vous en faire part, mais j'ai décidé d'offrir à Jeremy et à Elisabeth comme cadeau de mariage ma maison de Newmarket. Ils pourront l'habiter jusqu'à ce qu'ils en trouvent une à leur convenance. J'imagine d'ailleurs qu'avant même d'acheter un lit, Jeremy va s'empresser d'acheter des chevaux!

– Quelle merveilleuse idée! applaudit Mariota,

toute joyeuse. Comme vous êtes bon et prévenant!

– Il me semble que ce serait une erreur s'ils séjournaient chez le duc après leur lune de miel. Aussi vaudrait-il mieux leur demander dans le message que vous glisserez dans le *Morning Post* de prendre contact avec vous à leur retour. Nous pourrons ainsi leur expliquer ce qui s'est passé entre-temps!

Mariota glissa sa main dans la sienne.

– Vous pensez à tout! dit-elle. Vous ne pouvez pas savoir quel soulagement j'éprouve à l'idée que ce n'est plus à moi de tout organiser.

– J'ai le sentiment, répliqua-t-il, que c'est plutôt vous qui organisez tout, prétendant ensuite qu'il s'agit d'une idée à moi!

Elle rit, s'appuyant légèrement sur son épaule.

– Comment avez-vous deviné que c'est ainsi que j'amène père à faire ce que je veux?

– Les femmes sont calculatrices et rusées par nature!

Elle le regarda vivement, cherchant à savoir si c'était un reproche... Mais un sourire illuminait son visage. Elle se contenta de répondre :

– Je vous aime... et si j'arrive à mes fins, ce n'est qu'en vous aimant.

– Voilà bien ce qui m'effraie! plaisanta-t-il.

Naturellement, le comte s'occupa de tous les préparatifs du mariage, chacun ne pouvant qu'approuver ses suggestions toutes plus parfaites les unes que les autres. Il pria le chapelain de sa maison en Oxfordshire de venir au « Gué de la Reine », lady Coddington n'ayant aucune envie de retourner à Londres, ce qu'elle aurait été obligée de faire à partir du moment où le duc apprenait le mariage de sa fille.

C'est donc le matin de bonne heure que furent mariés lord Fordcombe et lady Coddington, puis deux heures plus tard, le comte et Mariota. Lord

Fordcombe avait décrété avec fermeté qu'il ne désirait personne à son mariage, pas même ses filles.

– Je commence une nouvelle vie, dit-il, un chapitre de ma propre histoire, et, pendant la cérémonie, je ne veux penser qu'à Noreen!

Lynne avait bien émis quelques protestations, mais Mariota avait parfaitement compris le désir de son père. Il avait passionnément aimé sa mère, et à la mort de celle-ci, pour lui, la vie avait perdu tout son charme. C'était dans cet état d'esprit qu'il s'était plongé dans son livre, cherchant à s'isoler du reste du monde et même à l'oublier. Maintenant, goûtant de nouveau au bonheur, il voulait, comme il le disait lui-même, faire un nouveau départ et oublier le chagrin et les difficultés qu'il avait connus jusqu'alors.

C'est ainsi que lady Coddington et lord Fordcombe se rendirent à la petite église située dans le parc, dans une voiture fermée prêtée par le comte. De retour au château, ils restèrent seuls, leur entourage veillant à ne pas les déranger. Puis, deux heures plus tard, la nouvelle lady Fordcombe reprenait le chemin de l'église, cette fois-ci en compagnie de Lynne, tandis que Mariota suivait avec son père dans une autre calèche. Ce fut également dans le plus grand calme que se déroula cette cérémonie. La petite église resta vide, car personne, ni badaud ni ami étonné de tant de discrétion, ne vint troubler la sérénité de ce moment. Seuls, les ancêtres Forde, si importants aux yeux de son père, semblaient être là pour donner leur bénédiction à Mariota.

Ils prêtèrent serment; désormais, ils étaient unis devant Dieu. Elle eut alors l'impression qu'une musique emplissait peu à peu l'église, comme si un chœur d'angelots chantait les mélodies de ses rêves.

Dès qu'il eut la certitude de ne plus être séparé d'elle, le comte avait couvert Mariota de cadeaux, et la robe de mariage qu'il lui avait offerte était la plus belle que l'on puisse imaginer! Coiffée d'une guirlande de fleurs en diamants, elle portait aussi un collier et un bracelet assortis des mêmes pierres. Ce n'était encore là que les premiers cadeaux!

Elle se regarda dans la glace avant de partir pour l'église : elle était belle, telle qu'elle rêvait de l'être, telle que le comte la rêvait aussi. Quand il prit sa main devant l'autel, jamais elle n'avait senti son esprit, son cœur et son âme aussi proches de lui. La bénédiction divine ne pouvait les unir plus qu'ils ne l'étaient déjà.

« Nous nous appartenons pour l'éternité! » pensa Mariota, remerciant Dieu de ce qu'ils s'étaient rencontrés.

– La seule que l'on ait oubliée, se plaignit Lynne lorsqu'elle fut mise au courant des derniers événements, c'est moi! Jeremy est marié, Mariota va se marier, père également! Ce n'est pas juste!

– On ne vous a pas oubliée! répondit le comte. En fait, avec Mariota, nous avons même beaucoup parlé de vous. Désirez-vous savoir ce que nous avons décidé?

– Merci quand même d'avoir pensé à moi! dit Lynne d'un ton sarcastique.

– Je suis allée voir Mrs Fellows, intervint Mariota. Elle est ravie de t'avoir au Manoir avec Elaine jusqu'à la fin de l'été. Tu auras ton cheval que tu laisseras là-bas, et plus tard, vous aurez d'autres montures de sorte que vous pourrez, Elaine et toi, chasser durant l'hiver sur les terres des Fellows, ou ici, si vous le préférez.

– Nous pourrons chasser? s'écria Lynne, les yeux brillants d'excitation.

– Mais d'abord, continua sa sœur, c'est quelque chose d'autre et de passionnant que nous te proposons.

– Et qu'est-ce que c'est?

– Alvic a pensé qu'il serait bon pour ton éducation et celle d'Elaine de faire à l'automne un petit voyage en Europe. Vous pourrez ainsi améliorer votre français et votre italien.

Lynne ouvrit de grands yeux.

– Que veux-tu dire?

– Vous irez d'abord à Paris, accompagnées d'une gouvernante, d'un guide et de domestiques pour s'occuper de vous. Là, vous visiterez les musées et vous serez reçues par des amis du comte qui ont des filles de votre âge. De Paris, vous irez ensuite à Florence et à Rome. Alvic a tout arrangé.

Lynne poussa un cri de joie.

– Je ne peux y croire! Allons-nous vraiment faire un aussi beau voyage?

– Tout est déjà arrangé! répondit Mariota. De plus, l'année prochaine, pour tes débuts dans le monde, père donnera un bal. Il y en aura un aussi à Londres, un à Buckenham House et un autre en Oxfordshire!

Lynne restait bouche bée. Puis elle se jeta au cou du comte et l'embrassa.

– Vous seul pouviez avoir une idée aussi merveilleuse! Il n'y a jamais rien eu de plus formidable!

– J'espérais bien que cela vous plairait, dit-il, et je vous promets que tout Saint-James n'aura d'yeux que pour vous! Toutefois, je veux que vous soyez aussi érudite que belle!

– Je serai la jeune fille la plus intelligente qui ait jamais été présentée au roi! promit-elle.

Le comte éclata de rire.

– Vous êtes si bon envers les miens! Vous avez des idées merveilleuses! dit Mariota à son mari, un peu plus tard, lorsqu'ils furent seuls.

– J'avoue que c'est par pur égoïsme! Je ne supporte pas cette lueur inquiète dans vos yeux, ou de vous voir aux petits soins pour votre famille, alors que c'est de moi qu'il faut vous occuper!

Il faisait délibérément peu de cas de ce qui en réalité avait exigé beaucoup d'organisation.

– Ce n'est plus « merci » que je dois dire, mais « je vous aime »!

– C'est tout ce que je désire, répondit-il en l'embrassant.

Quelques instants plus tard, ils descendaient vivement le perron pour monter dans le phaéton qui les attendait, tiré par six chevaux, tandis que Lynne leur lançait des pétales de roses.

Mariota se souvint des trois vœux qu'elle avait secrètement formulés. Déjà, le « Gué de la Reine » semblait avoir retrouvé sa splendeur d'autrefois, et lord Fordcombe et sa femme allaient entreprendre les travaux de restauration.

– Bonne chance! Et amusez-vous bien! criait Lynne.

Mariota agita la main jusqu'à ce que le petit groupe soit hors de vue. Comme elle se blottissait contre son mari, ce dernier la regarda avec un air de bonheur qui le faisait paraître plus jeune et plus beau encore.

– Vous êtes heureuse, ma chérie? demanda-t-il.

– Il me semble rêver et flotter sur des nuages! Sommes-nous réellement mari et femme?

– Voilà une question à laquelle je répondrai plus tard. Moi aussi, il me semble être au ciel plutôt que sur terre!

Ils passèrent devant la petite église où ils s'étaient mariés.

– Quand vous avez passé l'anneau à mon doigt, reprit Mariota, tous les anges du ciel chantaient. Je les entends toujours et les chevaux avancent sur le rythme de leur musique.

– Vous jouerez cette musique pour moi, vous voudrez bien? C'est quelque chose que nous n'avons pas encore eu le temps de faire.

– J'espère que vous ne serez pas déçu!

– Jamais vous ne me décevrez! Je vous aime tant, ma chérie, qu'il me semble impossible de vous aimer plus! Et pourtant, je sais que ce soir, lorsque je vous serrerai dans mes bras, je me rendrai compte à quel point ma vie sans vous était vide! Notre amour sera plus grand, plus fort encore!

– C'est ce que je ressens aussi! répondit Mariota, et quand je serai réellement votre femme, alors, tous mes rêves se seront réalisés!

Une harmonie si profonde existait entre eux qu'elle sentit tout de suite l'effet que ses mots produisaient sur son mari. Il était suffisamment bon conducteur pour ne pas presser les chevaux inutilement, et maintenant, désireux d'arriver le plus vite possible chez eux en Oxfordshire et d'éviter ainsi la fatigue d'un voyage trop long, il se hâtait.

Bientôt, ils franchissaient le magnifique portail de fer de Buckenham Park. Le comte mania les rênes avec une telle adresse qu'ils s'engagèrent au galop dans l'allée du domaine. Il n'était pas encore quatre heures de l'après-midi et la chaude lumière du soleil enveloppait la grande maison d'une aura d'or.

C'était une construction très différente de celle du « Gué de la Reine »; on pouvait dire cependant qu'elle avait les mêmes qualités que son propriétaire : elle était belle, grande, somptueuse.

– Soyez la bienvenue, ma chérie! dit gentiment le comte.

Mariota regarda la vaste demeure. C'était si grand, si impressionnant qu'elle se sentit un peu effrayée.

– Vous serez là? demanda-t-elle d'une petite voix en posant la main sur le genou de son mari.

– Toujours! répondit-il. Nous sommes ensemble, rien d'autre n'a d'importance.

– Bien sûr, acquiesça-t-elle en souriant.

Tous les domestiques étaient là pour les accueillir, et ils burent une coupe de champagne en compagnie du secrétaire. Puis le comte mena Mariota à la chambre que les comtesses de Buckenham avaient toujours habitée depuis que la maison avait été construite. C'était une pièce aussi imposante que les salles de réception du « Gué de la Reine », mais de dimensions encore plus imposantes. Elle se sentit un instant perdue en découvrant le plafond peint, les piliers de marbre et d'or, le grand lit drapé surmonté d'un dais que portaient des chérubins.

Mais heureusement, le comte était là, à ses côtés.

Elle se débarrassa de son chapeau et de son manteau et le suivit dans un boudoir qui communiquait avec leurs chambres. Il referma la porte derrière eux.

Une profusion de lilas blancs, de camélias et d'orchidées décorait ce petit salon. Elle se pencha sur ces fleurs si belles afin de mieux les admirer, mais le comte déjà l'enlaçait et l'embrassait. C'était comme s'il la transportait au ciel : les étoiles brillaient tout autour d'eux, le soleil brûlant les enflammait et la musique qui avait joué tout au long de la journée sembla soudain exploser en un glorieux crescendo!

– Je vous aime! dit le comte. Je vous aime, mon amour! Désormais, vous êtes chez vous, nous sommes ensemble, je ne crains plus de vous perdre!

Il faisait allusion à la souffrance qu'ils avaient éprouvée lorsqu'il croyait devoir épouser Elisabeth, renonçant ainsi à leur bonheur.

Mariota se serra étroitement contre lui, et passa ses bras autour de son cou pour que son visage soit près du sien.

– Je vous aime! Je vous aime! dit-elle. Je vous aimerais tout aussi fort si votre maison n'était pas aussi belle, si nous devions habiter une simple chaumière, ou même une grotte perdue dans les montagnes!

Sa voix vibrait de désir tandis qu'elle continuait :

– Vous m'avez offert des cadeaux magnifiques,

mais assurément le plus beau cadeau, c'est votre amour! Comment pourrais-je jamais exprimer toute la gratitude que j'éprouve envers vous, envers Dieu?...

– En m'aimant, ma chérie! dit-il avec autant de passion. Je désire votre amour! Et parce que vous êtes mienne, je suis aussi très, très reconnaissant.

Il se mit à rire.

– Et dire que tout cela est arrivé parce que Jeremy voulait de nouveaux vêtements!

Cela semblait si absurde que Mariota éclata de rire, elle aussi. Puis il l'entraîna vers une porte qui ouvrait sur sa chambre. La décoration de cette pièce était encore plus grandiose, tout en ayant un côté très masculin, qui correspondait parfaitement à sa personnalité.

– Vous avez fait un long voyage, mon amour, dit-il, et nous avons bien trois heures avant le dîner. Je pense que vous devriez vous reposer.

– Oui, bien sûr, acquiesça Mariota. Je me retire dans ma chambre?

Ses lèvres tremblèrent légèrement tandis qu'il la regardait, et elle sut combien il était heureux.

– Je désire que vous vous reposiez avec moi, répondit-il.

Comprenant tout à coup ce qu'il voulait dire, elle baissa les yeux, intimidée, et ses joues s'empourprèrent.

– Oh, Mariota, reprit-il, je ne vous oblige à rien, mais je désire depuis si longtemps que vous soyez ma femme!

» Nous ne nous connaissons que depuis quelques jours, d'après le calendrier, expliqua-t-il comme elle l'interrogeait du regard, mais chaque minute que je passe sans vous prendre dans mes bras semble durer un siècle, chaque seconde une année, et d'une façon comme d'une autre, j'ai attendu trop longtemps à mon goût!

Elle eut un petit rire, et le comte la serra fort

contre lui. Derrière eux, se dressait le grand lit drapé dont les colonnes sculptées et le baldaquin doré étaient ornés de cupidons. Partout où elle posait son regard, elle voyait un emblème d'amour. Bientôt, elle ne pensa plus qu'à son mari, à ses bras qui l'entouraient, à ses lèvres, et au désir qui s'éveillait en eux, brûlant comme une flamme.

Elle avait rêvé d'amour, et son rêve s'était réalisé.

L'homme qu'elle aimait l'emportait vers le lit. Il l'embrassait, et les battements de leurs deux cœurs suivaient la musique de l'amour! Les étoiles tombaient du ciel pour les couvrir du chaud manteau de l'amour et les anges les transportaient au paradis, un paradis où seul l'Amour véritable existait!

Ils avaient trouvé l'Amour, et pour l'éternité!

Romans sentimentaux

La littérature sentimentale a pour auteur vedette chez J'ai lu la célèbre romancière anglaise Barbara Cartland, qui a écrit plus de 500 romans. A ses côtés, Anne et Serge Golon avec la série des Angélique, Juliette Benzoni et des écrivains anglo-saxons qui savent évoquer toute la force des sentiments (Janet Dailey, Theresa Charles, Victoria Holt...).

AMIEL Joseph	**Les droits du sang** 2966/**8**
BÉARN Myriam et Gaston de	**L'or de Brice Bartrès** 2514/**4**
BENZONI Juliette	**Marianne, une étoile pour Napoléon** 2743/**7**
	Marianne et l'inconnu de Toscane 2744/**5**
	Marianne - Jason des quatre mers 2745/**5**
	Toi, Marianne 2746/**5**
	Marianne - Les lauriers de flammes 2747/**8**
BIALOT Joseph	**Elisabeth ou le vent du sud** 3088/**5**
	Le vent du sud - 2 Judith 3098/**5**
BLAKE Jennifer	**Les secrets du passé** 3323/**7** (Novembre 92)
BRISKIN Jacqueline	**Le cœur à nu** 2813/**6**
	Paloverde 2831/**8**
	C'est écrit dans le ciel 3139/**8** (Octobre 92)
BROWN Sandra	**Texas !** 3282/**3** (Octobre 92)
BUSBEE Shirlee	**La rose d'Espagne** 2732/**4**
	Le Lys et la Rose 2830/**4**
CHARLES Theresa	**Le chirurgien de Saint-Chad** 873/**3**
	Inez, infirmière de Saint-Chad 874/**3**
	Un amour à Saint-Chad 945/**3**
	Crise à Saint-Chad 994/**2**
	Pour un seul week end 1080/**3**
	Lake qui es tu ? 1168/**4**
	Le château de la haine 1190/**2**
	Les rebelles de Saint-Chad 1495/**3**
COOKSON Catherine	**L'orpheline** 1886/**5**
	L'homme qui pleurait 2048/**4**
	Le mariage de Tilly 2219/**4**
	La passion de Christine Winter 2403/**3**
	La maison des flammes 2997/**5**
	Le fouet 3343/**7** (Décembre 92)
DAILEY Janet	*La saga des Calder :*
	- La dynastie Calder 1659/**4**
	- Le ranch Calder 2029/**4**
	La Texane 1777/**4**
	Le mal-aimé 1900/**4**
	Le triomphe de l'amour 2430/**5**
	Les grandes solitudes 2566/**6**
DALLAYRAC Dominique	**Et le bonheur maman ?** 1051/**3**
DAVENPORT Marcia	**Le fleuve qui tout emporta** 2775/**4**
	Paul et Mary 3197/**5**

DESMAREST Marie-Anne	Torrents 970/**3**
	Jan Yvarsen 1024/**2**
	Jan et Thérèse 1112/**3**
	Le fils de Jan 1148/**3**
	Le destin des Yvarsen 1230/**2**
EBERT Alan	Traditions 2947/**8**
FORSYTHE HAILEY Elizabeth	Le mari de Joanna et la femme de David 2855/**5**
GOLON Anne et Serge	Angélique, marquise des Anges 2488/**7**
	Angélique. le chemin de Versailles 2489/**7**
	Angélique et le Roy 2490/**7**
	Indomptable Angélique 2491/**7**
	Angélique se révolte 2492/**7**
	Angélique et son amour 2493/**7**
	Angélique et le Nouveau Monde 2494/**7**
	La tentation d'Angélique 2495/**7**
	Angélique et la Démone 2496/**7**
	Le complot des ombres 2497/**5**
	Angélique à Québec 2498/**5** & 2499/**5**
	Angélique La route de l'espoir 2500/**7**
	La victoire d'Angélique 2501/**7**
HEAVEN Constance	La maison Kouraguine 812/**3**
	Interroge le vent 869/**3**
	Comme un feu dévorant 3216/**8**
HEIM Peter	La clinique de la Forêt-Noire 2752/**4**
	Mariage à la clinique de la Forêt-Noire 3107/**5**
	Hommes et destins à la clinique de la Forêt-Noire 3177/**5**
HOLT Victoria	La maison aux mille lanternes 834/**4**
	La porte du rêve 899/**4**
	Le galop du Diable 1113/**4**
	La nuit de la septième lune 1160/**4**
	Le masque de l'enchanteresse 1643/**4**
	La légende de la septième vierge 1702/**3**
	Sables mouvants 1764/**3**
	Les sortilèges du tombeau égyptien 2778/**3**
IBBOTSON Eva	Une comtesse à l'office 1931/**4**
KEVERNE Gloria	Demeure mon âme à Suseshi 2546/**6**
LAKER Rosalind	Reflets d'amour 2129/**4**
	Le sentier d'émeraudes 2351/**5**
	Splendeur dorée 2549/**4**
	Les neiges de Norvège 2687/**4**
	Le sceau d'argent 3032/**5**
LINDSEY Johanna	Le vent sauvage 2241/**3**
	Un si cher ennemi 2382/**3**
McBAIN Laurie	Les larmes d'or 1644/**4**
	Lune trouble 1673/**4**
	L'empreinte du désir 1716/**4**
	Le Dragon des mers 2569/**4**
	Les contrebandiers de l'ombre 2604/**4**
	Splendeur et décadence 2663/**5**
MONSIGNY Jacqueline	Les nuits du Bengale 1375/**3**
MONTGOMERY Lucy Maud	Les vacances de Jane 3296/**4** (Octobre 92)
MOTLEY Annette	Le pavillon des parfums verts 2810/**8**

1792

Achevé d'imprimer en Europe (France)
par Brodard et Taupin à la Flèche (Sarthe)
le 20 juillet 1992. 1057G-5
Dépôt légal juillet 1992. ISBN 2-277-21792-1
1er dépôt légal dans la collection : mars 1985
Éditions J'ai lu
27, rue Cassette, 75006 Paris
Diffusion France et étranger : Flammarion